少年不陡青云志

大宋文人骚客的
诗酒人生

彤管有炜 著

江苏凤凰文艺出版社
JIANGSU PHOENIX LITERATURE AND
ART PUBLISHING

图书在版编目（CIP）数据

少年不坠青云志：大宋文人骚客的诗酒人生 / 彤管
有炜著 . —— 南京：江苏凤凰文艺出版社，2023.12

ISBN 978-7-5594-8043-9

Ⅰ . ①少… Ⅱ . ①彤… Ⅲ . ①散文集 – 中国 – 当代
Ⅳ . ① I267

中国国家版本馆 CIP 数据核字（2023）第 191781 号

少年不坠青云志：大宋文人骚客的诗酒人生

彤管有炜　著

责任编辑	王昕宁	
策划编辑	李　根	
特约编辑	连　慧	
装帧设计	天下书装	
责任印制	刘　巍	
出版发行	江苏凤凰文艺出版社	
	南京市中央路 165 号，邮编：210009	
网　　址	http://www.jswenyi.com	
印　　刷	天津鸿彬印刷有限公司	
开　　本	880毫米×1230毫米　1/32	
印　　张	8	
字　　数	138千字	
版　　次	2023年12月第1版	
印　　次	2023年12月第1次印刷	
书　　号	ISBN 978-7-5594-8043-9	
定　　价	49.80元	

江苏凤凰文艺版图书凡印刷、装订错误，可向出版社调换，联系电话 025-83280257

人生如逆旅，我亦是行人。

——苏轼《临江仙·送钱穆父》

目录
contents

第五章　过春天

李清照：争渡，争渡

朱淑真：被囚禁的红

严蕊：温柔的杀意

自序

在黑黑的旅行中，唱不尽兴的诗歌

很喜欢一句诗："醉里挑灯看剑。"总让我想到，有一群不快乐的少年，喝了一口春色酿的酒，只等到夜里才能挑起一盏昏黄的灯，在梦中执一把漂亮的宝剑，且歌且行且游荡。

好像浪漫人生的写照，是在不可预知的黑暗里也有执剑的勇气。

后来才知道，这是辛弃疾的一场再也回不去的梦。

这场梦直到死亡来临，依旧令他魂牵梦绕。

从未发现，宋朝的文人们，骨子里是如此执拗。他们在繁荣与美丽中执掌朝堂与权柄，在纷乱与战事中怀念故土和浪漫。

没有人看到他们的奔走呼号，没有人看到他们的热烈执着，他们用自我衡量家园，以生命祭奠大地。他们逃避现实，也一往无前，他们富有诗意，也向现实低头。

他们不是躲藏在风花雪月下读拗口诗句的文弱书生，也不是在权力巅峰呼风唤雨弄权夺利的能臣，同唐朝的诗人们走在一处，他们更像是怀里捧着家国与责任，不敢轻易放下热梦与期待的旅人。

我不知道他们的勇气来自何处。

翻看他们的人生，就好像是在黑黑的旅行中，听一首不尽兴的歌。

人生有太多的失败和苦难。

苏轼因为一篇例行公事的文章，被逮捕被羞辱；陆游的中原没有收复；柳永一次又一次地科考，却一次又一次地落第；李清照被偷走了最后的书画砚墨……

每个人都不是一帆风顺，都在经历自己的高山与低谷。

但是，每个人又都没有停止步伐，一直坚持走下去。

满腔怒火，心怀大地。

苏轼离开监牢，免去杀身之祸，去到黄州，"竹杖芒鞋轻胜马，谁怕？一蓑烟雨任平生"；陆游永远热爱他的国家，"夜阑卧听风吹雨，铁马冰河入梦来"；柳永写了无数青春与美丽，"凡井水处，皆歌柳词"；李清照千帆过尽，留下《金石录》……

李清照在少女时期，傍晚喝了点酒，醉眼蒙眬，划着船，一下子划到了一片密集的荷花丛中，哎呀，出路在哪儿呢？李清照陷入这一片小小的美丽中。

"争渡，争渡。"

原来人生就是这样，不完美，有遗憾，有悲痛，也有眼泪。

但困境中也有风景。

宋朝文人们的诗歌，是他们的命运、他们的人生。是他们的纠结往复、辗转反侧，也是他们的不顾一切、拼尽全力。

因此，此时此刻想将这远方的歌，很近地，放给你听。

虽然不尽兴，但刚好能一同歌唱。

诗与风雨，与你同渡。

愿能收获很多很多的勇气，直到春天来临。

第一章 梦山河

人的生命里应有坚定的颜色，

才能够不单薄，不被一击即破。

就像世界并非非黑即白，

但走正确道路的人多了，

这世界才会值得坚持吧。

苏轼：人生一场，豁然开朗

苏轼是什么做的？

雨天里的芒鞋，西湖边的柳树，

直接的初露锋芒的天真。

苏轼就是由这些做成的。

厄运仍旧无可避免。

三个月前，苏轼无法预想因为他的一篇例行公事的文章而会被逮捕。

1079 年，苏轼四十二岁。四月，春天到来，苏轼从徐州知州调任湖州知州。从一个地方去另一个地方，这些年，苏轼已经很适应这样的生活。他去了湖州后，例行公事地给当时的皇帝宋神宗写了一封《湖州谢上表》，不过，其中一句好像带有个人色彩，"陛下知其愚不适时，难以追陪新进；察其老不生事，或能牧养小民"，因而被认为是愚弄朝政，反对新法，莽撞无礼，对皇帝不忠。同时新党们又从他曾经的诗作里挑挑拣拣，拿出他们认为隐含讥讽之意的句子，借以佐证。

一时间，苏轼摇身一变，成了罪大恶极之人。

苏轼一个好好的行人，因为衣着漂亮干净而被人挟持，抢掉外套，扔在了大街上。然后，他莫名其妙地被一群专门吹毛求疵的人围观与攻击，他们将他的衣服仔仔细细地用放大镜查看，一边在地上摩擦，一边大声地呼喊："你们看，这里都是泥土，这里真是肮脏。"意思是，这是苏轼的错。

一群强盗，声势浩大又喋喋不休地在人群中呼喊，搞得一时间没人去看被扔在大街上的苏轼，而是都去看那件被泼了脏水的衣服，连宋神宗都被这舆论裹挟着，做出了一个身不由己的决定——派人去湖州逮捕苏轼。

七月二十八日，苏轼被从京城赶来的御史台的人逮捕，押解去京城。这次被牵连的人有数十人，一个浩浩荡荡的队伍押着一群文人，好像是什么光彩的事情，去照亮宋朝的天空。这对于苏轼来说，是至暗时刻，不管他有多么豁达的心境也接不住这莫名其妙的牢狱之灾，而这一切究竟是为了什么呢？

苏轼的弟弟苏辙一语道破："东坡何罪？独以名太高。"

因为苏轼的才华和名声，才惹来莫名的责难，那是名为嫉妒的东西在作祟。他永远那样得体坦然、不卑不亢、率真放达，而又才华横溢，名士之声远扬。他是一颗放于旷野的明珠，让周遭的人显得那样无用而浅薄，因此，他们恨不得他落难、蒙羞，然后趁机将他扔进肮脏的水沟，盼望他永不见天日。

或许苏轼的父亲苏洵早就窥见这一劫难，当他亲自教导自己的孩子时，一定会在日积月累的反复中惊异于那惊人的智慧与乐天的性格。

苏洵给苏轼取"轼"，意思是车前的扶手，取其默默无闻却扶危救困，不可或缺之意，或许是苏轼的任何一面都与默默无闻无半点关系，所以他极力将这一点缺失的部分在姓名中弥补，希望成为一种人生的警示。

但是苏轼第一次跟父亲苏洵、弟弟苏辙从遥远的西蜀赶去京城应试便大放光彩。当时苏轼的主考官是欧阳修，小试官是梅尧臣，两位考官当时正有意进行诗文改革，而苏轼的文风清新洒脱，可谓一次击中二人的心。欧阳修了解了苏轼的才华和秉性后，便断言："此人可谓善读书，善用书，他日文章必独步天下。"

因为欧阳修的称赞，苏轼名动京城。当时他正二十郎当岁，最好的年纪，一时风头无两。

噩耗传来，苏轼的母亲病故，苏轼回家守丧，再归来时，他二十四岁，之前的荣光并未消散。因为欧阳修的赏识，以及苏轼在制科考试中的"百年第一"的聪慧天资，苏轼正式步入仕途。

苏轼在赶赴陕西凤翔做官时，途径渑池，想到曾经赴京应试时也途经这里，便在《和子由渑池怀旧》一诗中同自己的弟弟说道：

> 人生到处知何似，应似飞鸿踏雪泥。
> 泥上偶然留指爪，鸿飞那复计东西。
> 老僧已死成新塔，坏壁无由见旧题。
> 往日崎岖还记否，路长人困蹇驴嘶。

苏轼并不因自己的成就而沾沾自喜，他的乐观不盲从，他的天真不懵懂，他的才华令他早慧。他说，人生如飞鸿踏雪，终会无痕；人生又路途遥远，艰辛磨难不曾忘。

一点感悟，也留不下什么，苏轼继续向前走，在官场上顺风顺水了几年。

　　苏轼二十九岁时，父亲苏洵去世。

　　自此，苏轼的双亲皆亡。双亲永远是孩子身前的围墙，在时，越过围墙去看世界，总会有种小心、俯视的视角，不那样直接和光明正大，但也留有安全和保护的意味；不在时，围墙倾倒，一切都赤裸裸地呈现，无处躲藏。

　　苏轼守孝三年，三十二岁再次回朝，他发现他的安全围墙和平和世界都已双双丧失。

　　当时，震动朝野的王安石变法开始了。

　　王安石带着他的新党大刀阔斧地改革，一群守旧党的文人们因为政见不合纷纷出走，包括一直对苏轼有助力的欧阳修。苏轼忽然孤独一人，在偌大的朝堂上斡旋，但他也没有什么好怕的。

　　苏轼永远是直接的，他没什么保守自我的小心思，好就说好，不好就说不好，他绝不为难自己，让自己违背初衷和本心，来换得一些平稳和安和。

　　虽然他从不认为自己是守旧党，但是他明白，自从赏识他的欧阳修败走出京，他便也会离开。什么时候离开不是离开呢？

　　三十四岁，苏轼因为上书谈论新法的弊端被王安石记恨，王安石让御史谢景在宋神宗面前说苏轼的过失，苏轼便欣然借此机会请求出京任职，离开这个乌烟瘴气的地方。就这样，苏轼自己拉开了在地方任职的帷幕。

苏轼去了杭州。

他常常去西湖观赏，雨后刚刚放晴的西湖，有着别样的美丽。他在《饮湖上初晴后雨二首》（其二）中写道：

> 水光潋滟晴方好，山色空蒙雨亦奇。
>
> 欲把西湖比西子，淡妆浓抹总相宜。

西湖好像美女西施，淡妆浓抹都是那样的好看。

人生又何尝不是如此呢？

自请出京，苏轼难道没有一丝悔恨吗？但是仕途的波折，从未打消他生活的乐趣。

杭州的山水抚慰了苏轼的中年两失。

过了几年，苏轼又辗转去了密州。

离开的时候，苏轼有些不舍，他和好友杨元素告别，在《南乡子·和杨元素时移守密州》中写道：

> 东武望余杭，云海天涯两杳茫。何日功成名遂了，还乡，醉笑陪公三万场。

不用诉离觞，痛饮从来别有肠。今夜送归灯火冷，河塘，堕泪羊公却姓杨。

　　苏轼说，不知什么时候才能衣锦还乡，同杨元素大醉三万场。

　　新党仍旧在执政，苏轼明白，在此情景下，他再难回到京师。他也是俗人，建功立业、功成名就时时牵绊着他的心，但他知晓难再大展宏图。

　　不过，苏轼还是想尽力做好，他是有政治才华和政治抱负的。

　　苏轼去往密州，当时他不仅想在地方做出政绩，听闻西边有战事，他在猎场上雄心起，豪言壮志，作词《江城子·密州出猎》：

　　老夫聊发少年狂，左牵黄，右擎苍，锦帽貂裘，千骑卷平冈。为报倾城随太守，亲射虎，看孙郎。

　　酒酣胸胆尚开张。鬓微霜，又何妨！持节云中，何日遣冯唐？会挽雕弓如满月，西北望，射天狼。

　　苏轼此时四十岁，但他仍有少年豪气。

　　他说，他痛饮美酒，胆气豪壮，两鬓微白又何妨？盼皇帝能重用他，那样他就能使尽浑身气力，建功立业，为国解忧。

期望只是期望，苏轼还是那样，在密州做了几年知州，又去了徐州。

苏轼刚一上任，便遇到水灾，当时富人们纷纷出城躲避，苏轼说："富民出城，全城百姓都会动摇，我和谁来守城？我在这里，洪水决不能冲毁城墙！"

官场二十年，苏轼有着令人信任的威严和尽忠尽责的品格。苏轼带领士兵们修建堤坝、堵塞缺口，终于保全了徐州城。后来他还征调来年的夫役再次修筑徐州城，以保证洪水再来时不会再次陷入险情。

这时的苏轼有临危不乱的素养，但是他的底子，在才华与生命的加持下，仍旧是横冲直撞的意气、莽撞的天真和不合时宜的勇气。他的乐观、豪迈、雅达，建立在他虽有波折但仍旧流向正确的不好不坏的人生上。

当时，他的烦恼还是不被重用，思念故乡和弟弟，有点小哀叹，但不多，他在《望江南·超然台作》中写：

春未老，风细柳斜斜。试上超然台上看，半壕春水一城花。烟雨暗千家。

寒食后，酒醒却咨嗟。休对故人思故国，且将新火试新茶。诗酒趁年华。

好像年岁尚好，作诗要趁早。

直到四十二岁，苏轼被调去湖州，命运给了他当头一棒。

厄运无可避免。

苏轼束手无策。

苏轼在监牢里待了一百零三天，有人想要置他于死地，也有人想要救他于危难。昔日里的元老们纷纷上书，劝谏宋神宗不要杀苏轼，甚至连与苏轼政见不同的王安石都说："安有圣世而杀才士乎？"

王安石一锤定音，才使得苏轼免去杀身之祸。

但是经此一事，苏轼有些狼狈和疲倦。当有人用他的诗文去攻击他的时候，他的才华变成了毒药；当有人用绳子捆绑他的时候，他的尊严变成了笑话；当有人扬扬得意地审问他的时候，他的乐观变得一文不值。

当他在狱中的时候，他害怕连累家人，也不知晓自己有什么罪，或许死亡也是解脱，但是他们也不把这解脱赠予他。他就是罪犯，有人将他牢牢看守，攻击他、嘲笑他。苏轼变得惶恐与不安，被羞辱与逼供的日子张牙舞爪地将他吞噬。他牢不可破的防线，不得不被打破，又不得不被重固。

然后，没有死去的苏轼出了监牢，带着流言蜚语和一身罪责，无可选择地去往黄州，做一个职位低微没有实权的团练副使。

　　苏轼常常去赤壁，在那里，他的关注不再局限于一方，他看广阔的历史和无常的人生，他的豁达开始被铺就命运的厚度。他不断被打破又不断被重固的精神，使他显得熠熠生辉，那是一种带着古朴与旧火种的光芒，不耀眼但又贵重无比。

　　他开始承认自己的失败与落魄，但也仍旧豪迈与多情，他大声地说道：

> 　　大江东去，浪淘尽，千古风流人物。故垒西边，人道是、三国周郎赤壁。乱石穿空，惊涛拍岸，卷起千堆雪。江山如画，一时多少豪杰。
>
> 　　遥想公瑾当年，小乔初嫁了，雄姿英发。羽扇纶巾，谈笑间、樯橹灰飞烟灭。故国神游，多情应笑我，早生华发。人生如梦，一樽还酹江月。
>
> 　　　　　　　　　　——《念奴娇·赤壁怀古》

　　带着历史与江山的广阔，苏轼自我和解、自我劝慰。

　　苏轼从来不拧巴，也不自找烦恼。

他曾经说，两鬓微白又如何，他还可以"左牵黄，右擎苍"。如今他说自己"早生华发"，但那是因为自己的怀古柔情，神游往昔，人生如梦，敬献江月！

苏轼在黄州疗养精神，渐渐地，不再常常想曾经的那些噩梦，他走向了人生的另一种境界。

在做团练副使的第三个春天，苏轼同友人出游，偶遇风雨，当时什么雨具都没有，同行的友人们都被雨水淋得狼狈不堪，唯独苏轼不觉得这雨有什么，作词《定风波·莫听穿林打叶声》：

> 莫听穿林打叶声，何妨吟啸且徐行。竹杖芒鞋轻胜马，谁怕？一蓑烟雨任平生。
>
> 料峭春风吹酒醒，微冷，山头斜照却相迎。回首向来萧瑟处，归去，也无风雨也无晴。

他说，我自信归去，不管是风雨还是晴天。

不管是狼狈还是从容都要过这一生，那又何必惶恐不安，何必四处躲藏，看不到春天和风景。

四十七岁，苏轼离开黄州，听命去汝州赴任，途中路过九江，与友人同游庐山，他写道：

横看成岭侧成峰，远近高低各不同。

不识庐山真面目，只缘身在此山中。

——《题西林壁》

活在人世间，犹如身处山林中，换个角度看待人生，或许会发现不同。

然而，苏轼最终没有到达汝州，因为路途遥远，路费用尽，加上丧子之痛，他只好上书不去汝州，先去常州。那一年，宋神宗驾崩，苏轼在常州过了一年怡然自得的生活。

其后，守旧派重掌朝政，新党被打压，苏轼再次被启用。

苏轼在京城和地方来回折腾，五十二岁时，他第二次去往杭州。他在杭州做出了不少政绩，疏通水道，建造堤坝，后人将他在西湖旁建的长堤命名为苏公堤。苏轼在杭州过得很惬意，当地百姓为了感谢他，送猪肉给他过年，他做成了美味红酥的方块肉分给大家吃，这便是东坡肉的由来。

"人生如逆旅，我亦是行人。"

苏轼快要离开杭州时，这样说道。

所以，当新党再次执政，苏轼也坦然地接受安排。五十七岁时，他被贬去惠州，六十岁时，又被一叶孤舟送去了海南岛儋州。那本是一个荒蛮之地，苏轼却将那里当成了自己的第二故乡。他办学堂、介学风，使得许多人不远万里，追随他学习。

既来之，则安之。

苏轼没有抱怨，他将自己的精神与学识远扬，化腐朽为神奇。

他说："此心安处是吾乡。"

苏轼六十四岁时，在北归的途中去世。

兜兜转转走这一遭，有困苦，有艰辛，却也不乏味，不苦涩。

"问汝平生功业，黄州惠州儋州。"

苏轼只从低处向上看，人生一场，便山高水长，豁然开朗。

欧阳修：如何复制洛阳的春天

欧阳修是什么做的？

东风里的一杯酒，天涯处的一惊雷，

有关春天的一切。

欧阳修就是由这些做成的。

欧阳修手持酒杯，细数无聊与寂寞。

冬雪从枝头坠落下来，像是跌了一跤的老人。

惊雷劈向大地，唤醒了可以下酒的竹笋。

夜晚的归雁啼叫，衔着故乡从窗边掠过。

小病小灾也来敲门，迫不及待地要跨过旧年。

但这些思念啊，痛苦啊，可以慰藉和难以愈合的一切啊，这些都不重要，都可以就着酒一饮而尽。

　　欧阳修站在二月的门口，有些委屈，又有些神伤。

　　他说："春天来了，我好像远在天涯。"

　　天涯的雪落尽，惊雷阵阵，春风吹了一遍又一遍，却迟迟没有花开一朵。

　　是不是因为这里太远了，所以连那花神都要姗姗来迟呢？

　　欧阳修回忆说："曾是洛阳花下客，野芳虽晚不须嗟。"

　　说罢，倒是来了兴致，酒喝完了，那就说说那被花神眷顾的洛阳的春天吧。

　　那是欧阳修一生都想复刻拥有的家家插花、士庶遨游的春天。

　　欧阳修第一次见洛阳的花是在书中。家贫无书，欧阳修就跑到城南借书来抄，还未抄完便能吟诵。欧阳修看过无数书籍，最喜爱韩愈这个洛阳才子，对其文集爱不释手。

　　韩愈说："当春天地争奢华，洛阳园苑尤纷挐。谁将平地万堆雪，剪刻作此连天花。"

　　那个连掉落的花瓣都堆积如雪的洛阳，好像是被绸缎与温柔、诗句和才华包裹的一方天地，谁不曾向往那样一个春天呢？

　　欧阳修走上了寻找春天的征程。

　　去往春天的列车大约是个龟速的"绿皮车"，欧阳修在狭小的空间里焦急地伸出头去，却总也看不到花开。宋朝的天下是被扛在文人的肩膀上的，故而科考之文也用最流行的文体"西昆体"来写。这对于在未来推行古文运动的欧阳修来说，就像是让一个会写小幽默日记的段子手来写一篇规规矩矩的华丽新闻稿。如何让一个有趣的人变得迂腐而陈旧，这个天下竟致力于做这种无聊的事情。

欧阳的仕途之路坎坷，连续几年磕磕绊绊地尝试了几次，总算得到一个结果。

在二十二岁那年的春天里，欧阳修过五关斩六将，连中三元，以三个第一的好成绩进入殿试，第一次见到天子。欧阳修考试愈战愈勇，自信又张扬，殿试前他还给自己做了战衣，坚信能够夺下最后一个第一。可惜状元袍被别人穿去了，因为主考官晏殊认为他锋芒太露，需要给他一点儿小小的警示，于是，只给了他个第二。

不过，结果是令人欣慰的。

欧阳修收拾行囊，去了洛阳，走马上任。

欧阳修遇到了他一生只有一次的洛阳的春天。

在这个春天里，很多文人在此相遇。

欧阳修是众多文人中的一个，他们挨挨挤挤，在钱惟演的府上尽情地欢歌。

欧阳修终于可以抛弃那些华丽而无用的文章,来写些自己喜爱的。那些清新淡雅的、平实的文字,就像是自然里可以捕捉的风,调皮但有趣。欧阳修在这里认识了梅尧臣、尹洙,以及许许多多那个时代富有才华的文人。文字在他们的手中是游戏、是日常,是快乐而毫无烦忧的玩笑。

夜晚到来,欢宴进行了一轮又一轮。一旁的歌姬唱着他们的词,多少文人的青春就在这里不嫌浪费地流淌着。

这被文人主导的大宋江山很少再有纯粹的情谊,那些曾经激扬的文人盛宴早就不知道沾染了多少政治意味。上一刻还在你好我好大家好的觥筹交错,下一刻可能就变为朝堂上的各执一词。我尊敬你、爱戴你,但我又斥责你、反驳你。

可能很多文人,一生也难得有这样开怀的一天。

欧阳修太幸运了,他初初就遇见,于是再难忘怀。

那个坐着、躺着甚至上厕所时都要读书的钱惟演,为自己手下的文官们建造了一个难以复制的洛阳。

他们抛开政见,拿起诗歌与酒。于是每一个文官都变作了文人,那些乱七八糟的政治、命途坎坷的官运都被抛到脑后,管它什么束缚,管它什么人生,有趣最好。

文人们坐在一起,如同一群游来游去的七彩斑斓的鱼。他们都拥有了一时半刻的自由，肆意地挥霍着那些被人艳羡的才华。

欧阳修也在这里沉醉着，这里有他最爱的酒、最爱的人和最爱的春天。

一群文人嬉戏打闹，也不规规矩矩地坐着，东倒西歪地喝酒行令。他们逃离都城的"汪洋大海"和那建造于大海上的"空中花园"，他们不再做无法呼吸的鱼，而是幻化成人，藏在花下、词中、歌声里。这里有他们渴望的再简单不过的美好。到了春天，无论尊卑者，家家插花，友人结伴游玩，若是能吟诵两句也是好的，等到了夜里再歌唱几首，然后各自欢欢乐乐地回家，亲吻门口的花儿。

一种很有生活味道的平和与热闹。

欧阳修将他们复刻下来，像是种种子一样种在了心里。

冬天过了，春天还会再来，但这样的"春天"不会再有了。

多少美好的事情都是转瞬即逝。

文人们一个又一个地离开了。最开始就是政途不顺的钱惟演，他是这一场欢宴的主人，主人离席了，所有的玉盘珍羞就都变得凉了、冷了，只等宾客们自行散去。

钱惟演走了，又来了新的主人。但这主人不再开宴席，只将这群快快乐乐的年轻人招来，在背后说钱惟演的坏话，说他是因为耽于享乐而被贬官。欧阳修才不管会不会得罪这位新主人，回嘴说："钱公不是因为耽于享乐被贬，而是因为年纪大了还不知道隐退。"

欧阳修在洛阳又待了两年，但曾经的春天好像真的不再回来了。离开的友人偶尔回来，欧阳修同梅尧臣再游洛阳，乘着酒和风说自己的迷茫：

把酒祝东风，且共从容。垂杨紫陌洛城东。总是当时携手处，游遍芳丛。

聚散苦匆匆，此恨无穷。今年花胜去年红，可惜明年花更好，知与谁同。

——《浪淘沙·把酒祝东风》

匆匆一遇，何时才会再相见，再看这洛阳的繁花似锦呢？

慢慢地，那欢宴最后的歌声也落下了，连一点儿余音都没有留下。那些曾经把酒言欢的文人们离席了，便也越走越远了，可能此生再不复相见。

欧阳修也终于要从那一生一次的欢宴里走出来，告别洛阳的春天。

欧阳修离开的时候，春风正好。他告别洛阳，便也告别了爱人，告别了青春。想说归期，但无从说起，于是只能拿词来念：

尊前拟把归期说。未语春容先惨咽。人生自是有情痴，
此恨不关风与月。

离歌且莫翻新阕。一曲能教肠寸结。直须看尽洛城花，
始共春风容易别。

——《玉楼春·尊前拟把归期说》

人生自是有情痴，此恨不关风与月，那和什么有关呢？是
不是那洛阳的春天？

无人得知。

欧阳修永远热爱那场纯粹的美好，但他无法在美好里停留。

欧阳修离开洛阳，去了都城汴京。

他像一尾不惧洋流的鱼离开五彩斑斓的珊瑚，逆流而上，
去往海的深处。海的深处会生出吃人不眨眼的鲨，也会生出一
往无前的勇气。

他往前望着，看到自己最希望能同行的，最希望能成为的
那条鲸——名臣范仲淹。

范仲淹说，"士当先天下之忧而忧，后天下之乐而乐也"，
这样舍己为天下的决绝，任谁都想靠近。

欧阳修像靠近钱惟演一样，想要靠近这位朝中难得的名士。

范仲淹被提拔为谏官，欧阳修满怀诚挚地写信祝贺；范仲淹说任免官员应该选贤任能，欧阳修便也认为应该任人唯贤。欧阳修追随着范仲淹，就像孩童跌跌撞撞地追随着自己喜爱的气球。

然而他们都是一类人，因正直而惹人恼怒。范仲淹因为提出惩治管理腐败的主张而被人构陷，继而遭受贬谪。

他们触碰到了大宋江山最肮脏的土地，像一片开在大海中央充满淤泥的花园，只迈进一脚，就深陷其中。

欧阳修想要的一片富庶而美丽的春天，淤泥从不会让他如愿。

欧阳修因为支持范仲淹故而也被贬夷陵，做了县令。他为自己的愚蠢愤怒、悲切。

春天，春天，曾经的春天那么短暂，他到现在才恍然大悟那有多么宝贵。

欧阳修终于开始触碰一些令他难以接受的现实。他在三十岁的时候，开始和他的春天背道而驰。

欧阳修从难以呼吸的海洋中走了出来。他跨山跨海，开始湿漉漉地走向自己奔波的天涯。

远在天边的小城贫穷、寂寞，像是一座孤零零的岛屿。这岛屿无门无窗，道路狭窄，大约只有夜晚的鬼怪才会在这里赤着脚走路。欧阳修走在这片土地上，感觉自己变成了一个临海的小仙。

但是这个小仙看不到一个有花的春天。

他委屈不甘，但他又无畏直率，他说："曾是洛阳花下客，野芳虽晚不须嗟。"

曾经拥有过的那么美丽的一个春天，在欧阳修的心里像一块琥珀挂在他的胸前。所以现在的花开得再晚又有什么关系呢？他只需张开手就能看到最好的。

欧阳修不再失落，也不再示弱。他既然被从汪洋大海中活生生地赶了出来，那他就上岸归岛，在这属于他的天涯角落播撒他心中的种子。

欧阳修开始复刻他心中的春天——温柔、亲切、快乐，开遍一切美丽的花朵。于是，欧阳修的施政理念也如同春天一般，不动声色地依循人情事理宽简待民，不苛刻武断，不繁缛琐碎。

欧阳修如同一场春风，吹过他走过的每一个地方。

但这还不够。

春风不只有拂面的温柔，更有吹破冻土不达目的不罢休的毅力。

欧阳修离开天涯，越过岛屿，重新回到波涛汹涌的"大海"。

欧阳修回到都城，开始酝酿一场惊雷。以范仲淹等文人发起的庆历新政轰轰烈烈地开始了。他们渴望这一场革命，可以如同龙卷风一样将大宋这座奢靡的花园连根拔起，然后沧海桑田，自成新春。即使他们在漩涡一样的地震中被碎石击得头破血流，也不后悔。

欧阳修也好像回到了十多年前，简单的文人们政意相同，挨挨挤挤地坐在一起，说着畅想中的美好未来。

守旧派们也从海底浮出水面，牢牢把守着虚假的金光灿灿的花园。他们诬陷范仲淹等人是蛇鼠一窝的朋党，是勾结在一起想要违反皇意的叛徒。

范仲淹说他们没有结党营私，但是欧阳修忍不住一腔愤怒，慷慨激昂地写下了《朋党论》。他认为，君子才有朋党而使国家兴盛，小人才无朋党只为一己之私。

但这篇承认朋党的文章，是辩驳，也是愚蠢的证据。

于是，欧阳修又一次被发配远方，离海上岸，远去新的岛屿。

欧阳修这次去了滁州。

一次次地鼓起勇气沉入海底，又一次次地被抛上岸边流放远方。四十岁的欧阳修，好像离他想要的天下同春的梦越来越远。所以，这一次次翻天覆地想要改变世界的游荡，是一场叛离，抑或是一场妄想吗？

欧阳修应该是痛苦的，因为他拼命地抗争了、申诉了、呐喊了，他的声音依旧被淹没在滔天浪声中。但是他或许也释然了，他筋疲力尽，困惑纠缠，自然也明了一切、洞悉一切。官场争斗是你来我往的刀光剑影，受伤了、落败了，那就转身离开，自然还要奔赴等着他温柔诗意的人们。

欧阳修带着一身伤踏入了滁州这片山水中。

美丽的事物总是有着令人不可自拔的魅力，伊人令人追随，诗歌令人吟诵，美景则令人沉沦、令人膜拜。或许是上苍的安抚，或许是命运的诉说，滁州城自带治愈疗效地将欧阳修修复如初。

欧阳修便又想起了洛阳的春天。既然无法改变，不如就自己创造吧。不用很大，小小的、可爱的、一场美好的春天。

那么，如何复制一场洛阳的春天呢？

这回，他不再如同年轻时那般浅薄，他不想仅仅做一场春风，吹一颗不知道等到何年何月才会开花的种子。

欧阳修自愿弯下自己的脊梁，他要化作一片大地，一场雨水，以及跟春天有关的一切。

他要创造一片独一无二的春天。

欧阳修又一次手持酒杯，这回，他细数属于他的诗情画意。

欧阳修在这里写下了令人沉醉的《醉翁亭记》。

"若夫日出而林霏开，云归而岩穴暝"，是朝暮，是每日的往复，是几行简单的诗句——太阳出来了，雾气消散，烟云聚拢，山谷昏暗，然后，一切就安眠了。"野芳发而幽香，佳木秀而繁阴，风霜高洁，水落而石出者"，是四季，是年轮的缠绕，是几只清明的调子——野花自泥土而出散发着幽香，树木伸展枝丫繁茂成荫，天高云淡，秋霜洁白，溪水渐渐落下，露出圆润的石头。如此赏心悦目，如此自然宁静，早晨进山，晚上回城，欧阳修就在这来来回回的岁月里悠然度日。

欧阳修不仅仅沉醉于自然，更醉于与民同乐之中。

"负者歌于途，行者休于树，前者呼，后者应，伛偻提携，往来而不绝"，只是想想就令人心动：走累了就休息，有力了就歌唱，你牵着我，我拉着你，老少同乐，全城皆出，络绎不绝，俨然一副桃花源式的欢乐与美好。

"宴酣之乐，非丝非竹，射者中，弈者胜，觥筹交错，起坐而喧哗者，众宾欢也"，而那整日迷离的太守还在宴请宾客，更是将这样的美好推向极致。有人投壶中了，有人下棋赢了，人们或坐或起，大声喧闹，杯酒相碰，尽情欢畅，好一片其乐融融觥筹交错的景象，简直就是一场不愿睁眼的幻梦，欧阳修甘愿睡去。

这一切，好像都离他想要的春天只有一步之遥了。

即使这里不再有那些同他坐在一起，挨挨挤挤的文人。

欧阳修一睡两年，但他没有只醉于乐，他以"宽简而不扰"的作风取得了一些政绩，更以成为"唐宋八大家之一"的才华在琅琊山留下了许多诗篇和游记。

欧阳修自此开始种下一片又一片属于他的春天。他每到一处，那里就有很多的花，还有与民同乐的人间。

欧阳修又一次返回都城，这回他成为重臣，却也更深地陷进泥沼之中。欧阳修依旧耿直如初，但他知道，他可能再也没有力气创造春天了。不过他相信，这世间总还是有人同他一样愿意种一颗种子，让美好发芽。于是，作为宋初的文坛领导者，欧阳修选出了苏轼、苏辙、曾巩等又一批人才。

当然，命运也待他如初。

迟暮之年，欧阳修依旧于宦海浮沉。这时他已经是个名副其实的老翁，自号六一居士，因为他有藏书一万卷，集录三代以来金石遗文一千卷，有琴一张，有棋一局，而常置酒一壶，还有一个一呢？

是他自己。

最后几年，他又回到了自己的诗篇里，修修补补，好像又回到了过去，回到洛阳，回到那群挨挨挤挤的文人当中。

这时候，他或许终于可以将曾经谈论的未来说出口，说说这一生的疑惑与回答。

所有的背离终有相逢，所有的妄想总有尽头。

你问我如何复制一场春天，那就请成为关于春天的一切吧。满腔怒火，心怀大地。

或者只是做一朵花，一朵摇曳的花。然后播撒一些种子，就把下一场春天留给美好的以后吧。

即使这与我无关。

司马光:请不要打碎我的乐园

司马光是什么做的?

横平竖直的框,火把燃烧下的水,

在角落里昂扬的向日葵。

司马光就是由这些做成的。

司马光在独乐园中独坐。

和他的万卷书籍一起微微潮湿。

无人问询。

司马光不知应该怨还是不怨,他从王安石掀起的政治巨浪

中逃离出来,如同打了败仗的绝世高手躲藏在自己的欢乐谷中

一般退居洛阳，还美其名曰退隐江湖。

司马光将自己关在门内，他不希望有人前来，打碎自己最后的角落。他又希望有人前来，安静地前来，就站在门口，什么都不用做，说两句无关紧要的话就好。

但是司马光等了很久，谁都没有等来。

司马光写诗《闲居》：

> 故人通贵绝相过，门外真堪置雀罗。
>
> 我已幽慵僮便懒，雨来春草一番多。

"曾经的故人们、权贵们，都与我断绝了来往，因此我很悠闲，急懒至极，惹得我的仆人都很少出现。春雨一来，这里的草倒是不管不顾，又肆意生长了许多。"

司马光说他一生诚实，但是这几句独白一样的话好似遮盖着巨大的谎言，慵懒的时光中是长久的蛰伏与不甘、困窘与阴郁。

因为在政治的名利场中，司马光从未如此孤独，他敬仰的圣贤从未将他抛弃至此。

司马光是儒家教导下的端方君子。

但无人生来便有信仰，司马光最初追随的是他的父亲。

司马光的童年有百分之五十都是他父亲的杰作。他的父亲给了他良好的教导和氛围，给了他最典型的文人范本和宋朝气度，给了他一切的生活准绳。

司马光被塞进了一个横平竖直的框中。

像是打造一个最完美的人，司马光只需在这个框中不断摸索。

司马光童年的影子便是他的父亲，这影子深入骨血，伴他一生。

而他的父亲司马池是一个宁愿抛弃万贯家财也要专心读书、一个因母亲去世而号啕大哭、一个做官廉洁谦虚但又不懦弱的人，这听起来恍如司马光给世人的印象。

仁、义、礼、智、信，儒学教导下的谦谦君子们如同一个模子下的俄罗斯套娃，一个又一个地被塑造成型，美丽漂亮，但也并无惊喜。

当然要长得漂亮，令世人都捧在手上欣赏，也需要不断地打磨。

打磨的过程倒是有些惊喜，棱角还是有些扎手。

司马光的少年事被无数人讲过，一个"砸缸救友"的事情仿若是他在标准锻造时的一个小型成果展示会，被传诵太多，总有点儿公事公办的味道。

虽然这事透着一点儿灵气，但是这一点儿难得的灵气几乎难以窥探，因此令人珍惜。

司马光聪慧又勤奋，他在家中、在人群中、在路上，依然跟随着他的父亲司马池。

司马光十三岁时，因为司马池的官职任免，开始一路行走。

那是一个人最活泼而勇敢的年纪，隐隐约约地触摸着世界，但又因为不曾完全窥得其貌，而天真无畏。这是天性。

而司马光又因为严谨的教育，变得冷静而自持。这是人性。

天性和人性的互相拉扯，使得司马光的年少时代变得极为耀眼。

司马光跟着司马池走过东京，去过洛阳，看过秦岭，到过四川。司马光见过了山川大河、大漠边关，也见过了很多不同的人，他们裂开微笑的牙齿，说着不同的话语。司马光走着，看着，写着。没有人遮着他的眼睛，没有人捂着他的嘴巴，这些使他博学，但不能令他开阔，因为这些一时的壮丽能留下惊叹，却不能刻下痕迹。

司马光大抵是从不会光着脚踩沙石，敞着怀喝酒，因为这不合规矩。但是当在路上遇到蟒蛇，他不会躲在大人的身后，他冷静自持如勇士，手持利剑，挺身而出。

每日每夜，每时每刻，儒学圣贤们都在修正他、改造他，让他没有私欲，乐于奉献，勤劳勇敢，让他端端正正，似个"成人"。

"凛然如成人"，这好像是个夸赞，大人们总是自负，喜欢这样的小孩，同他们一样的小孩。

司马光仍旧跟随着司马池，参加每一次的聚会、每一次的交谈，如同一只幼崽匍匐在各色各样的成年森林动物中，而由于他长得可爱，乖巧懂事，他理所当然地被夸奖、被期待。

司马光就这样不知不觉地踏入了一群抱团的儒士、聚拢的文臣中间。他是他们种下的一颗听话的种子。

就这样自然而然，这样轻而易举。

司马光的周围都是他的长辈、老师、好友，他们志趣相投，行事相近，像是一群司马池，因此，司马光在政治的名利场中从不孤单。

渐渐地，司马光童年另外的百分之五十也被挤走了。

他不负众望，长成了四四方方的框中人。

司马光二十岁时，顺顺利利地步入仕途。

他仍旧想跟随着司马池。这好像成了一种习惯。孩童依恋父母，习以为常，总以为可以天长地久。但他们也如此相似，他们不会意见相左，总能相谈甚欢。他们是父子，是友邻，也是知己，他们相互依靠着，好像能永远如此。

然而，不过几年，司马光的父亲与母亲都相继去世。

司马光悲痛至极，他后来想到这段时光便说，"平生念此心先乱"。

这种悲痛从来都无可避免，旁人也只能安慰一二，干巴巴地毫无营养。

司马光这时还太年轻。如果再过几年，时间磋磨下的外衣会使情感变得迟钝；如果往前几年，懵懂的无措会使得阵痛变得迟缓。

经此一役，司马光不仅没了亲情，也丢失了他一直追随的目标。曾经的一切都是那么美好，家庭幸福，成长顺遂，仕途顺利。他站在树荫下，就可以凉爽地一直向前。

但是现在，一切都随着死亡消失了。

司马光的世界要重建了。

如何能够把往昔的时光留住，像最初一样呢？司马光永远都在问这一个问题，做这一件事情。

旧事物让他心安，他在迫切地留住自己想要的，他要快速地关上新事物的大门。

"不要过来，不要打碎我的乐园。"

司马光离开仕途，依照惯例回家服丧。服丧期间，他将自己放于书中，写了很多值得推敲思索的文章。那里安静，无人打扰，他可以思考，可以悲痛，还可以找到信仰。

司马光的世界好似依旧未变。他的重建没有任何新的光彩，光是努力维持曾经的，就已经令他殚精竭虑，汗如雨下。司马光一直在儒学的道路上行走，曾经是他的父亲牵着他，现在，他就算独自一人走也不会害怕。因为他的身旁还有无数人一起，熙熙攘攘地在这里行走。

司马光不用去走向别的道路。

曾经无数的先人总结的话语，历史验证过的论断，怎么会出错？

仁、义、礼、智、信，儒学从不出错。

司马光笃信这一点。

服丧结束，司马光重新进入仕途。他已经从那颗听话的种子长成一棵修剪得当又笔直挺拔的树，他的树荫虽然不大，但是足够遮盖一方百姓。司马光有能力，亦有德行，因此，他只需要平平稳稳地做事，就能得到民众的夸奖——"政声赫然，民称之"。

于是，很快地，司马光就接到调任，让他去都城东京，去最热闹的政治中心任职。

司马光赴京之时，失去的那些已经成为心里的伤疤，虽还在隐隐作痛，但已无伤大雅。他继续的人生路仍然顺遂，他也依然年轻。离开之前，他的同伴们都来为他践行、为他祝福。他在官场中从来都是焦点，被围绕着，他从不孤独。

司马光此时意气风发，未来看起来那样明媚，那么离别也能成诗，一首《留别东郡诸僚友》横空出世：

空府同来贤大夫，短亭门外即长涂。

不辞烂醉樽前倒，明日此欢重得无。

喝完最后一杯酒，朋友们，不说再见，未来相见。

司马光是政治名利场上的宠儿。他在东京城遇到了父亲的好友庞籍，得到庞籍的提携。司马光还遇到了很多与他志趣相投的年轻文人，王安石、包拯、吕公著等，他们的相遇是历史上偶然而幸运的一瞬。

但此时宋朝的江山并没有任何好运，外有强敌如豺狼环绕，内有社会忧患，百姓负担繁重，这些如一个又一个隐藏的雷埋在地下，不知何时会让山河震一震。

司马光将这一切都看在眼里。

作为儒学的活招牌，司马光自然奉行礼治、德治、仁治。他的政治是温和的，像是谦谦君子。有小型的农民起义，司马光也是建议把首领斩首即可。但是现实从未这样温和待人。不知司马光是否知道那群人最终都被投于火中，尽皆焚烧的结局。

司马光看起来总是有些天真，但这样的天真又含着一种不肯面对残忍世界的懦弱。

现实罪恶，未来无常，历史正好。司马光因为被任命为史官，开始与历史结缘。过去老旧的传统的事物好似是为司马光量身定制的，因此，历史也不再粗糙凌乱，像一件艺术品一样被司马光拿在手里打磨。

司马光在东京度过了如水般的岁月。

这柔顺的、轻拍脚面的日子令司马光对他重建的世界极为满意。他依赖他的新世界，就像他在孩童时期依赖他的父亲一样。他将所有曾经的一切都存放其中，使那些准绳、那些方方正正的框，得以保存良好，永久使用。

司马光背着他的世界前行。哪怕会有困难，那些也应该只是暂时的吧。

因此，为了保持这世界，他可以沉默、可以温和，也可以激进、可以固执。

司马光三十六岁时，一直提携他的庞籍离开相位，离开都城，他便也跟随着离开，去地方任职。

司马光结束了他顺遂的前半生。开始了他坚持己见的后半生。

司马光坚持儒学中的"礼"。他坚持这个世界应该是规则的、有秩序的，谁都不可以打破，即使是他忠诚的帝王也应该固守在这个框中，宋朝才能稳固长久。于是司马光三次上书，希望皇帝能够确立下一任继位者。这个事情多么重要啊，不然谁来继承这个偌大的江山呢？即使这个江山已经有破败的痕迹。

司马光好像认为全天下的人都可以改邪归正，都愿意听他的，因为他是正确的。

因此，司马光的政治也是温和的。

宋朝和西夏的战争屡屡失败，司马光的建议是不要与他们来往，然后在边界地区修建堡垒，让人们安宁。只抵御不进攻，这对于凶狠的马上民族来说，显得那样苍白无力。

如果在四方太平天下昌盛的时代，司马光可以称作良臣。但是在这样需要力挽狂澜的时刻，温和亦是懦弱。

可司马光并不这样认为。

司马光四十多岁，回到东京城，他辞谢了很多官职，做了五年的谏官。

即使这帝王换了一任又一任，司马光依旧兢兢业业，鞠躬尽瘁。

他一封又一封的奏章奉劝仁宗确立下一任君主。这好像是正确的，因为不过几年，仁宗去世，英宗上位。但这或许也是错误的，因为把宋朝江山交到无所作为者手中，衰落就如约而至了。

难道司马光没有看到吗？他或许是习以为常，也或许是目光短浅。他总认为是太多人没有按照他的所求而行，所以才落此下场。

司马光忙忙碌碌。

他先是缓和皇室之间剑拔弩张的关系，见确有成效，于是又将眼光对准更多的地方。

他反对奢靡的宴饮和赏赐之风，还以身作则地将英宗赏赐给他的钱财都捐献出来，当作公用。他看到了劳苦的百姓，看到了他们身上繁重的负担，看到了边关战争，希望不要一味地让百姓承受。

但是这些谏言规劝的不是那些你退一步我就退一步的感情琐事，而是让富贵者放下手中的钱财，让既得利益者放下无尽的欲望，于是没有人再听了。

即使司马光再如何全心全意地把自己的一切奉献出来，都是无用。

司马光失望了。

于是，他上书说："臣从事谏职，首尾五年，自本朝以来，居此官者，未有如臣之久。臣资质愚戆，惟知报国，竭尽朴忠，与人立敌，前后甚众，四海之内，触处相逢，常恐异日身及子孙无立足之地，以此朝夕冀望解去。"

大意是，从来没有人像我一样，在谏官这一任职上如此之久。这使得我周身环绕的皆是敌手，我怕今后，我和我的子孙再无立足之地，因此让我离开吧。

司马光看起来是那样的理智，但是害怕和恐惧依然萦绕着他。

他发现，他的世界很多人都不会接受，他们甚至要破坏他的乐园，砸破他的门，他不允许。

他要躲藏起来。

司马光又一次投身于历史。这回他对历史的打磨不止浮于表面，他开始对史书进行系统的整理和编纂，就像是将那些珍贵而老旧的器物从无人问询的库房中拿出来，扫去表面的尘土，修理损坏，重新上漆勾画纹路，然后再一个又一个地放于明亮整洁的小屋。

历史浩瀚，这项工作有些艰难。司马光只开始了两三年便无法继续下去，他甚至无法再继续躲藏在这里，躲藏在自己的世界中。

英宗去世，神宗上位。这位想要力挽狂澜的帝王愿意改革，于是轰轰烈烈的王安石变法开始了。王安石希望能够用新的规则来让世界焕然一新，这简直同所有想要维持传统的士大夫们背道而驰。司马光从沉默到反对再到沉默，曾经的好友不再相谈甚欢，他们激烈地争执着。

围绕在司马光身边的人越来越少了。

司马光的世界开始破碎，他一步又一步地退让，直至将自己还未被侵蚀打碎的世界打包带走，去到洛阳。

司马光在洛阳独自打造了自己的乐园。那里有浩瀚的书籍，有流淌的水池，有成片的竹林，还有钓鱼的草屋，交错种植着花草药材的圃园。这座二十亩的家园，他给每个地方都起了朴素清亮的名字——浇花亭，见山台，弄水轩，读书堂。

司马光将这里命名为独乐园，他在这里度过了人生中最惶惶然又悠悠然的岁月。

司马光常常在读书堂中读书。那些曾经的圣人们、哲人们是他的老师，那些贤者们是他的友人。他那样孤独，因为从未有人到访；他又那样满足，因为总有人同他一起探索仁义与礼乐的意义。

他日复一日地看书、编书，白天时间不够，便夜晚继续，好像时光永远就这样流淌下去了。但他又如此地不甘，每当他越发地挖掘历史，看到往事，并从中得到治理之道，便越发地觉得他走的道路从未有错。

曾经无数的先人总结的话语、历史验证过的论断怎会出错？

仁、义、礼、智、信，儒学从不出错。

失望从未走过，希望从未走过。还好他有最后的乐园，将自己关在门内，栖息与呼吸。

他说，不是他自私，如果有人想同他一起分享快乐，那他一定将其奉献出来，但既然无人与他一起快乐，他就自己快乐吧。

司马光的世界扼杀了他，也挽救了他。

春雨停了，夏天来了。

司马光在独乐园中独坐。

司马光看着远处的南山。

中国最大的一部编年体通史——《资治通鉴》终于完成了。司马光在一千三百六十二年里走了一圈，恍如隔世。这部无数人称赞的史书，不仅拥有长久的过去，灿烂的未来，还有司马光十五年的黯然时光。他所有的气力、所有的精神、所有的七情六欲、都倾注于此。

唯剩执念。

衰老正在带着死亡走来，他迫切地想到留住一切，恢复如初。

司马光永远都在做这一件事情。

司马光挣扎着活着，他六十七岁时，神宗死了，王安石离开了。他又一次回到了政治的名利场中，要将一切恢复如初。他废除了所有新法，恢复一切旧规则，这使那些不知多少兵士抛头颅洒热血而收复的土地再一次被割让出去。

好像这样就没有动荡，山河永安。

司马光迫切地将一切新的东西损毁，旧的事物留下。

他可怜地举着拐杖，说着他一生都在说的话："不要过来，不要打碎我的乐园！"

　　然后，做完这一切，他就倒下了，再也不曾醒来。

　　他真的将自己关在了门内，关在了自己的世界里。

　　他那样地安然。

　　人们说起司马光，都说他崇高的道德，说他圣贤的一生。他温良、忠诚、正直，他是儒家的君子。他对物质没有欲望，没有娱乐，没有爱好，他一生节俭，衣着朴素，不愿往头上戴一朵花。

　　他好像不似凡人。

　　没有人说他的错误。他错了吗？他走的道路没有错，儒学没有错，是世界错了。

　　世界不纯真，所有的恶也存在。

　　世界不是乐园。

　　世界也会破碎。

　　于是，人，总要从门里走出。

　　不论生死。

黄庭坚：任尔东西南北风

黄庭坚是什么做的？

广阔的天，坚定的石，

不止的风。

黄庭坚就是由这些做成的。

黄庭坚是在他的坚持中，命运急转直下的。

这年，黄庭坚四十八岁，高太后病逝，宋哲宗开始新政，新党再次上位。

随着掌权者的更迭，党派之争来来回回，不断反复。在黄庭坚漫长的政治生涯中，面对如此境况，他早已习惯。

无非被贬谪，被流浪，被赶去遥远的地方，像是放逐一些不够漂亮也不够凶残的鸟。最坏的结果，大抵是成为布衣，彻底被抛弃，从此在贫困的边缘求生。

　　还能有什么呢？黄庭坚自恃清白，也没有什么可以成为把柄被人拿在手中玩弄。

　　然而，世间还有"污蔑"这种手段。

　　新党掌权之后，将黄庭坚经手的《神宗实录》翻来覆去地看，从中摘出了千余条内容，说这些都是不实之词，是黄庭坚用来污蔑宋神宗的。

　　一盆脏水对着黄庭坚扑面而来，不管是真是假，黄庭坚都惹得一身污。

　　当时因为此事，前修史官也被召来居住在京城附近以备不时的盘问，但是黄庭坚就没这好运，毕竟这场轰轰烈烈的铁龙爪案就是奔他而来。

　　黄庭坚在《神宗实录》里写有"用铁龙爪治河，有如儿戏"。"铁龙爪"是宋神宗治理黄河时的一种疏浚河道的工具，用它治理河道，又劳民伤财，又没什么效果。黄庭坚如实记录，却被认为是污蔑之行。

　　为了让黄庭坚承认，新党威逼利诱，停职、审查、禁闭，但是黄庭坚坚持说当时在北都当官，亲眼所见，确如儿戏。

黄庭坚无所顾忌，都照实回答，始终不承认有污蔑之辞。他好像一直如此，直接，坚定，像他的来处、父辈、名字一样。

　　黄庭坚出身于江西修水县的一个书香世家。自黄庭坚往上数十辈，都是有名有姓的进士或者举人。黄庭坚的祖父黄湜是宋朝进士，黄湜有兄弟十三人，有十人都进士及第，当时被称作十龙。黄庭坚的父亲黄庶也是进士，是当时有名的诗人，也任过康州太守。

　　修水县的双井黄氏，在黄庭坚之前，已经有过二十二位进士。黄庭坚的曾祖父立下的《双井黄氏家规》，其中第八条是读书家规，认为读书是诚身之本，也是显祖扬宗之要务。如何做呢？家规中说要请有名望的老师，给应有的礼仪，来教导后辈读书，陶冶情操，砥砺品行，成为有用之才。

　　这是一个扎扎实实靠读书获得礼仪、品行、才学和功名的家族。它不同于钟鸣鼎食的权贵家，给得太多，太喧闹；也不会是单打独斗的文人门，太过贫瘠，太单薄。这样的家族独一无二，好像一座山，静静地独立在那里，让你被宽厚地包容，也会积极地仰望。很多人翻过了这座山，获得了广阔的天地，你见过，便也明白。

　　在这样的家族中，黄庭坚自血脉中就带着诗文与品格。黄庭坚的父亲黄庶仰慕北宋大臣鲁宗道，鲁宗道因为敢于直言曾被帝王在金殿上大书"鲁直"二字，黄庶便为黄庭坚取字"鲁直"。

黄庭坚的直接、坚定，可以说是家族浸润下的风骨。

言传身教，是最直观也是最隐形的塑造，是时间和习惯的力量。

黄庭坚理所当然地在幼年便开始读书写字，他聪颖过人，书读几遍便能背诵下来，他的舅舅李常到他家，取几本书架上的书问他，没有他不知道的。七岁时，黄庭坚作《牧童诗》：

　　骑牛远远过前村，短笛横吹隔陇闻。

　　多少长安名利客，机关用尽不如君。

八岁时，黄庭坚又作诗《送人赴举》：

　　青衫乌帽芦花鞭，送君归去明主前。

　　若问旧时黄庭坚，谪在人间今八年。

小小年纪，已经自称谪仙，黄庭坚骨子里的狂傲被他的才华释放到了极致。

毋庸置疑，黄庭坚的成长之路是明朗而明确的。

直到黄庭坚十四岁，父亲黄庶病逝在任所。黄庭坚的母亲李氏没有将黄庭坚放在身边，而是果断地将他送到舅舅李常身边，让他去见识更广阔的天地。

读万卷书，行万里路。

十五岁，黄庭坚自双井明月湾处开始了淮南的游学之旅。他的母亲李氏将自己写的一首《浣溪沙》放在黄庭坚的行囊之中，那是母亲用独有的美赠给自己的孩子一卷温柔：

> 无力蔷薇带雨低，多情蝴蝶趁花飞。流水飘香乳燕啼。
> 南浦魂销春不管，东阳衣减镜仙知。小楼今夜月依依。

李氏的期待是轻盈的，黄庭坚轻而易举地背上它出发了。

黄庭坚的舅舅李常鼓励他、教导他，带着黄庭坚走出了那一隅之地。

当时的李常要去江苏赴任，黄庭坚就跟着李常奔波，坐船，骑马，走路，看江上烟波，也看富庶烟花。江淮一带是黄庭坚从未见过的繁华，也是黄庭坚从未想象过的宋朝万象。

李常还是一个藏书家，在李常身边，黄庭坚得以博览群书，不仅看百家经典，还广泛涉猎诗文著作，见识大增。

在扬州时，李常将黄庭坚介绍给了当时的著名文学家、诗人孙觉。孙觉因为欣赏黄庭坚的才华，将自己的女儿孙兰溪许配给了他。

黄庭坚在李常身边三年，见识、学业以及人脉都收获颇丰，他曾说："长我教我，实惟舅氏。"

黄庭坚如此顺遂，但这种顺遂不是被风一吹就跑的虚无，而是如同他出生的家族一样，是一步一个脚印地走出来的。

黄庭坚十九岁时参加乡试，成为乡试第一，第二年，他便进京参加科考。当时同他一起的还有同乡几人，当时大家都传说黄庭坚得了第一名，但是等张榜之后，黄庭坚并不在其中。没有中榜的人们纷纷散去，有的人还痛哭流涕，黄庭坚却坚定沉稳，并无沮丧之色。

黄庭坚不恼怒，不愤懑，名落孙山又怎样？回去读书，学习，来年再战！

黄庭坚不流俗于个人情绪，而是积极寻找解决之道。回到家乡后，他在当地的书院继续学习，第二次参加科举，便考中进士，第三十一名，为三甲榜首。

因为考的名次中规中矩，二十三岁的黄庭坚被分配到河南叶县，开始了他的仕途生涯。对于黄庭坚来说，这个不算高的起点虽然让他不太满意，但是依旧解决了他的生计问题。黄庭坚从江西长途跋涉与家人们共赴叶县，或许是因为路途遥遥，也或许是因为县尉薪资微薄，没有好的条件，黄庭坚的妻子孙兰溪没过多久便病逝了。

爱人的离世让黄庭坚痛苦不已，他见到黄山，有感而发，作诗《宿黄山》：

> 平时游此每雍容，掩袂今来对晚风。
>
> 白首同归人不见，黄山依旧月明中。

来到人世，便是凡人，总会经历生老病死和解不开的愁绪。曾经那个自称仙人的黄庭坚已经不复存在了。

不过，黄庭坚也并未颓废下去，他渐渐戒除欲望，不沾酒肉，以使得自己精神焕发。

既然叶县令人不如意，那就离开吧。黄庭坚参加了"四京学官"的考试，因文章最优秀，被授命为国子监教授。虽然这个职位对为官之人的才华素养要求颇高，但是并无实权，薪资也低，没有黄庭坚发挥的余地，于是黄庭坚在这八年的学官生涯中，仕途蹉跎，文学水平倒是日复一日地见涨。

后来，孙觉将黄庭坚的诗文拿给苏轼看，苏轼称赞他的诗文"超逸绝尘，独立万物之表；驭风骑气，以与造物者游"。自此，黄庭坚给苏轼寄去了第一封信，开始了苏黄的神交之旅。

两人书信交往的第二年，苏轼因为"乌台诗案"入狱，那些被用来污蔑苏轼的诗文中，便有两人书信往来的唱和之作。在当时的情况下，有人支持苏轼，便也有人急于撇清关系。黄庭坚人微言轻，而且两人只是笔友并未见过面，他完全可以明哲保身，但是他仍旧要表明立场。他坚定、坦然地讲，苏轼是了不起的文人，苏轼是忠君爱国的。黄庭坚因此，受到了"罚金"的处罚，也因此去了泰和当县长。

黄庭坚在泰和任县长时，依旧保持着他一贯的风格，坚定沉稳，以平易治理该县。他整吏治、抗盐税、察民情，被当时的百姓称为"黄青天"。

黄庭坚就像一颗坚硬的石头，经历过沧海桑田，成长为山川峰峦，厚重又生机勃勃。

他在《登快阁》里表明自己的心迹：

痴儿了却公家事，快阁东西倚晚晴。

落木千山天远大，澄江一道月分明。

朱弦已为佳人绝，青眼聊因美酒横。

万里归船弄长笛，此心吾与白鸥盟。

"我的心，是要与白鸥结盟的。"

即使自王安石变法以来，新政所带来的政治动荡、党派倾轧已经让黄庭坚摒弃理想，承认现实，他能做的很少，但是他仍旧尽力，把新政给民众带来的影响降至最低，但也因为他推行新政不够积极，又被降职到德平镇做镇监。

镇监，负责管理集市、监督税收和治安。当时德州通判赵挺之想要迎合新政，在德平镇推行"市易法"，简单来说，就是政府平价收购市场上滞销的货物，市场短缺时再卖出，这项听起来好像能够防止垄断、平抑物价的政策，实际却变成了批发和零售被政府官员所操控的恶行，大小商人都变得举步维艰。

黄庭坚认为德平地小，集市也是小集市，商人也是小商人，如果强行推动新法，只会使得因为集市聚集起来的市场再次散去。他坚持自己的看法，结果，他跟上级赵挺之之间矛盾不断，施展抱负的梦想也变得遥不可及。

在人生的道路上，好像永远有来自四面八方的风，想要将人吹倒、打败。

在很多人的眼里，黄庭坚的坚持都是可笑的和不值得同情的，他那样愚蠢，不知道走捷径、做聪明人、顺势而为。

黄庭坚也明白，他的选择让他与他所期待的道路越来越远。

但那有什么办法呢？

大厦将倾，黄庭坚不是神仙，他能做的只是保一方百姓。

但黄庭坚仍旧唏嘘不已："我知道我是对的，但我仍旧困惑、难过，不知天地何为，我又何去。"

黄庭坚便去文字中求索。

在德平县时，黄庭坚听闻自己的好友黄几复任广东四会县令，两人在少年时就建立了深厚友谊，常共同饮酒到深夜。如今，短短半生已过，都在为五斗米折腰，遥遥不能相见，思念好友的黄庭坚写了那首大名鼎鼎的《寄黄几复》：

> 我居北海君南海，寄雁传书谢不能。
> 桃李春风一杯酒，江湖夜雨十年灯。
> 持家但有四立壁，治病不蕲三折肱。
> 想得读书头已白，隔溪猿哭瘴溪藤。

桃李春风之下，是共饮的酒；江湖十年之间，是思念的灯。

黄庭坚的诗句，在他特有的气韵之下大开大合，好像山谷清晨一涌而入的风将所有湿气吹散。黄庭坚希望自己的好友能少点苦难，只做个白了头发的读书人就好。

这又何尝不是黄庭坚对他自己的希冀呢？

黄庭坚大抵已经厌倦，但是路总要走下去，总会有值得期待的惊喜出现。

这个惊喜，是黄庭坚与苏轼的会面。

黄庭坚四十二岁时，宋神宗去世，宋哲宗即位。当时宋哲宗年幼，高太后垂帘听政。高太后倾向旧党，王安石变法随着执政人的更迭戛然而止，王安石郁郁而终。在新一轮的新旧更迭中，黄庭坚和苏轼都被召回京中。

两人在春天相见。

黄庭坚和苏轼在京供职的三年，同时进入了人生中最快意的一段翰墨友谊的生活中。

两个人是那样的相似，是懂得彼此的知己，是玩到一起的友人，是诗歌唱酬的笔友。

他们虽然都不赞同王安石新法，但都是从百姓最实际的角度看到新法的弊端，并未对王安石的人品做攻击和批评。

他们情趣一致。在这几年中，二人的唱和诗达百篇之多，全都情调高雅，围绕着友情和林泉志趣，生活在一处，有趣在一处。

二人亦师亦友。苏轼作为黄庭坚文学上的提携者，也是其书法的领袖。在黄庭坚的书论中，评苏轼的书很多，且都推崇备至，同时，黄庭坚的行书也深受苏轼书风的影响。

这时的京城，以苏轼为中心的北宋文人群体在这里会合，光彩熠熠，黄庭坚、秦观、晁补之、张耒几人被苏轼戏称为"苏门四学士"。

黄庭坚过了几年友人相携、志趣相投的日子，直到高太后去世，宋哲宗亲政，新党再次上位。

　　黄庭坚作为旧党一派，同苏轼的命运如出一辙，被污蔑、被践踏、被流放远方。

　　两人知晓，各自的命运只能各自承担，再不会有这三年如此光耀而惬意的时光了。

　　黄庭坚被贬为涪州别驾，安置在黔州。当时，黄庭坚的哥哥黄大临不远万里将黄庭坚送至黔州，古时车马慢，一次别离，再次相见不知是何年何月了。

　　黄庭坚被贬谪，命运再坏也坏不到哪儿去了，他对此毫不介意。

　　在其后的十来年中，黄庭坚被一贬再贬，从涪州到黔州，从戎州到宜州，其间还被列为元祐党人，遭除名，其后的子孙都不能被任用。还能怎样呢？黄庭坚抬头看看宋朝的山河，那就随它吧！

　　黄庭坚开始致力于教学生读书，写诗作词，研究书法。他好像回到了很多年前，开始了还在幼童时的生活。他住在一个小山村里，什么都不用想，只是读书、写字，努力地汲取知识。那是一段平静的、安稳的时光，为他其后的生活铺就了一条流光溢彩的河，不论有何困境，生活露出何种色彩，黄庭坚都能在这条河中找到丝丝安慰。

于是，在最后的十年间，黄庭坚成为摆渡人，让更多人拥有这条河。

黄庭坚六十一岁时，兄长黄大临又一次千里迢迢地赶去宜州看望他。

黄庭坚在宜州，将自己的住所命名为"喧寂斋"。往外望去，有风，有树，也有宰牛的案板留下最后的血色。

"毕竟几人真得鹿，不知终日梦为鱼。"

作为"香圣"的黄庭坚，在他的陋室中，焚香读书，宋朝与他再没什么关系了。

黄庭坚好像很寻常，很努力，是当时一种文人范本的写照，但他又很难得，不仅仅是因为他开一代风气，成为江西诗派的开山鼻祖，也不仅仅是因为他的书法精妙，与苏轼、米芾和蔡襄合为宋四家，而是因为他永远平和而坚定。

人的生命里应有坚定的颜色，才能够不单薄，不被一击即破。

就像世界并非非黑即白，但走正确道路的人多了，这世界才会值得坚持吧。

第二章　且游荡

谁又不是这妇人呢？

美丽过，春风拂面过，

也会一动不动地立于生命的雨中。

在最后一刻到来前，都请体验吧。

死亡的河流终会将我们淹没。

保持恐惧，充满敬畏。

人生无常，尽兴而活。

仲殊：决定去死

仲殊是什么做的？

一杯毒药，随身蜜糖，

晴日里的三千粉黛。

仲殊就是由这些做成的。

活着可真好。

张挥常常这样想。

活着有春夏秋冬可以观赏。有明媚的阳光，有酣畅的雨水，有丰盛的果实和纷纷的雪花。

活着有衣食住行来填充。有得体的衣衫包裹躯体，有美味的食物拿来果腹，有宽敞的床榻用来休憩，有俊美的马匹骑着飞驰。

活着可以结交友人，同他们彻夜交谈；活着可以游山玩水，见从未见过的世界；活着可以有美丽的东西拿来细细观摩欣赏。

活着即是希望，有未知，见新奇，去探索。

张挥就是这样活着。

张挥少年时应该没有衣食之忧，所以他的人生底色才能这样的清澈、不厚重，没有十年寒窗苦读下的命运重担，也没有苦涩贫穷的心灵困境，他只享受生命本身所带来的一切，就很美好。他的家庭应该也没有高门阔族的繁文缛节，所以他不用小心翼翼、规规矩矩，只是不断释放天性里的不羁。

当然，他也是聪明的。少年时中过进士，轻松获得进入仕途的入场券，光明的前途就在眼前，只要他能再努力一下，安安稳稳地两只脚往门里迈两步，他的人生就是安全而可靠的。

但，有才华，有样貌，运气也好，被很多人羡慕的张挥却不是一个愿意安安稳稳的人。

少年的张挥潇洒地表示：生命在于折腾。

他就这样飞奔在自己的时光里，直到把自己折腾得快要死掉了，他张牙舞爪的人生才忽然静了片刻。

没有永远的高歌猛进。

张挥的妻子用一杯毒药，召唤了死神。或许是因为张挥的风流，也或许是因为爱情的消逝，无人知晓真正的原因，但显而易见，张挥经历了一场真正的死亡。

　　死亡的河流从远处而来，平静地、冷漠地将他淹没。

　　一定有某个瞬间，恐惧将张挥打碎，让他不再是一个完整的人。

　　许多人都有这样的瞬间，从一种理想的混沌里被猛地一推，忽然得以窥见真实。

　　只是，张挥的瞬间来得这样猛烈，让他的人生如布匹断裂一般，在空气中发出尖锐的响声，但这声音被死亡包裹着，没什么人可以听到。尤其属于张挥的死亡是一种缓慢的钝痛。肉体的疼和未知的恐惧都将他牢牢困住，那死亡的河流之下究竟是什么？是浓郁的黑，什么都不知晓的白，还是不断地轮回往复？

　　年轻的张挥不想知道，他只是极力地挣扎，让自己再看看这个美好、丑陋、善良、恶毒的世界。

　　张挥还不想让那河水淹没吞噬自己。

　　最终，张挥死里逃生。

　　他吃了很多很多蜜才得以缓解，但是他今后不能再吃肉了，吃肉就会再次毒发，无医可治。

张辉从红尘里清醒了片刻，入了佛门。

　　很多人猜测张挥为什么成为僧人，有人说是因为其妻投毒心灰意冷；有人说是现实生活中受到刺激；但或许张挥就是随性而为，酒肉穿肠过，佛祖心中留，那就索性去佛门里走一走吧。

　　张挥，哦不，应该叫仲殊，他开始了他恍如隔世的下半场，摇身一变，成了北宋历史长河里最特别的一类文人——诗僧。

　　在当时儒道释三家思想融合的浪潮下，僧人们为了发扬佛教不再闭门不出，相反，会去拜谒权贵，交游名士；他们也不会只一心修习佛法，而是博览群书，儒释兼修。而诗僧们很多都是进士或者儒士家庭而来，这使得他们再也不会拘泥于佛堂之上。他们好像只是一群普通的研习佛法的文人，他们无所顾忌，有人嗜酒，有人浪荡，有人慈悲，有人佯狂，但都才华横溢，声名远扬，直言不讳，关心世界。他们将佛与俗慢慢融合，文人与僧人的界限渐渐模糊，交友，吟诗，赏花，读书，诗僧成了北宋文人团体中，不可或缺的一部分。

　　仲殊是北宋九大诗僧之一。

　　生命梦幻如歌，一首结束，另一首便接着响起。

　　仲殊入了佛门后在苏杭一带居住，他常常去山川中游历，一路走，一路写，诗句只是他看见世界的一种方式、一次情绪，呼吸之间，无所思无所想。

苏轼还未同仲殊相识时，住在黄州，便说，"此道人久欲游庐山，不知有行期否？若蒙他一见过，又望外之喜也"。

可见，步入佛门，仲殊并未沉寂，而是过得风生水起。即使不曾进入官场，但是在文人团体中，仲殊的才华也让他声名鹊起。

过了几年，苏轼在从京城到杭州的路上，途经苏州，见到了仲殊。

苏轼最先见到的是仲殊的诗。

仲殊刚到苏州，就在姑苏台柱上写缥缈诗句：

　　天长地久大悠悠，尔既无心我亦休。

　　浪迹姑苏人不管，春风吹笛酒家楼。

苏轼看到，疑心是神仙写的。

苏轼是真的喜欢仲殊，或许因为他们都爱吃蜜吧，他写了《安州老人食蜜歌》送给仲殊。

这是一种很安然很生活的喜悦，我喜欢你的诗句，看着就好喜欢，我跟你的口味居然一样，来来来，好东西一起吃，哎呀，你笑什么，多多来找我玩啊！

仲殊可以拥有很多纯粹的情谊，拥有一些喜爱，一些诗句，一个叫"蜜殊"的外号。

仲殊同苏轼雪天游西湖，诗酒唱酬，好不快活。

友人在侧，美景在前，诗句为伴。仲殊过了很多热闹的节日，花朵、游人、欢笑与祝福，他收到很多，也放过很多。

仲殊看过西湖寒食节的盛况，他在《诉衷情·寒食》里这样写：

涌金门外小瀛洲。寒食更风流。红船满湖歌吹，花外有高楼。晴日暖，淡烟浮。恣嬉游。三千粉黛，十二阑干，一片云头。

太阳一半浸透在湖水中，晕染出一层轻柔的淡淡的纱。

画楼一半摇曳在山色中，勾勒出一处风流的悠然的美。

悠然的琴声有节奏地响起，女子如花，一丛又一丛地点缀在游湖之路上，香风满湖。

远远望去，如一片云彩。

仲殊将这盛况写得热闹、多姿，但又冷静、悠然，富贵如烟云飘过，自会来，自会走。

春天很好，有生机勃勃的美，仲殊就活在这样的美里。

在宋朝，春天还有"看花局"。

仲殊曾写过《越中牡丹花品序》，其中说："每岁禁烟前后，置酒馔以待来宾，赏花者不问亲疏，谓之'看花局'。故俚语云：'弹琴种花，陪酒陪歌。'"

从一月直到三月，私人花园都会陆续开放，梅花、桃花、梨花，一直到牡丹，每一轮花的绽放都会引来一个小小的度假高潮。大家携亲伴友，喝酒唱歌，一边赏花一边弹琴，时光就这样快乐地流走了。

半年看花，半年归家。

春夏一过，仲殊于秋日中前行。

热闹过去，他又开始感伤。

仲殊在《南柯子·忆旧》里说：

十里青山远，潮平路带沙。数声啼鸟怨年华。又是凄凉时候，在天涯。

白露收残月，清风散晓霞。绿杨堤畔问荷花：记得年时沽酒，那人家？

十里青山倒悬水中，秋日凉风吹散朝霞。

时光悬于鸟鸣之上，仲殊人在天涯，他问荷花："你还记得曾经那年，那个喝酒买醉的张挥吗？"

仲殊喝酒、风流、爱世俗，但不能说他不是一个好和尚。

他永远沉醉于生命的繁盛，又永远冷静而自持，偶有心得，颇有禅意。

释迦牟尼曾端坐于莲花之上，普度众生苦难，仲殊入其门，心中却仍是俗世，仍是自己。

那又何妨？看花是花，看水是水，也很酷。

仲殊一直所表达的即是生命本身。

他完全摒弃了文人的政治属性，他的标签只有他自己。

所以他的快乐、忧愁、恐惧、绝望，是生命的所有回音。

有人说，仲殊很擅长写诗和歌词，每每写来，都是一气呵成，不改一字。说他心胸开阔，心里什么事也不藏住。

不过，好像没有什么事可以难住他，让他心生沟壑。

或许吧，仲殊就是这样潇洒风流的人。

毕竟生死之前，无大事。

那如何面对死亡呢？如果将仲殊摊开来，他一生都在询问。别人或许面对仕途、爱情、功名辗转反侧，仲殊却试图理解一种未知、一种可能。

垂垂老矣之时，仲殊决定去死。

仲殊是自缢而亡，他选择了独自面对生命的终点，好像将曾经的不完整的破碎的自己拼凑起来，将曾经年少时的恐惧捡起，将那个名叫张挥的人拉回自己的身体中。

有人说，他是在自己的禅房内离开的，也有人说他自绝于琵琶树下。

甚至有人拿他曾经写的诗句来说他的离开："琵琶树下立多时，不言不语恹恹地。"

这后半句，来自曾经仲殊写的一个要在公堂上打官司的妇人，当时那妇人立于雨中，郡守让仲殊作诗，仲殊张口就来，作词《踏莎行·浓润侵衣》：

浓润侵衣，暗香飘砌。雨中花色添憔悴。凤鞋湿透立多时，不言不语厌厌地。

眉上新愁，手中文字。因何不倩鳞鸿寄。想伊只诉薄情人，官中谁管闲公事。

谁又不是这妇人呢？美丽过，春风拂面过，也会一动不动地立于生命的雨中。

在最后一刻到来前，都请体验吧。

死亡的河流终会将我们淹没。

但是仲殊或许找到了答案。

保持恐惧，充满敬畏。人生无常，尽兴而活。

戴复古：我不是诗人

戴复古是什么做的？

认真的流浪，独行的江湖，

以梦为马的远方。

戴复古就是由这些做成的。

戴复古是为了诗歌而来的。

很小的时候，他的父亲便去世了。他的父亲叫戴敏才，是一个扎根诗歌世界的穷书生，什么功名利禄，荣华富贵，统统是浮云，都不及诗来得重要。

"以诗自适，不肯作举子业，终穷不悔"的戴敏才，当时在东南诗坛已颇有声誉，而他在临终前，不是担心自己的儿子幼年丧父失去倚靠，而是可惜自己的儿子还太小，担心自己的诗要失去传人。

戴敏才心有不甘地离世。

戴复古成为被扔给诗歌世界的孤儿。

而他适应良好，表现优异，一头扎进去，便不曾出来。

可以想象，即使物质世界里他有母亲和其他亲人的照顾，但是他的精神世界被他父亲遗留下来的诗歌牢牢地占据着。物质世界的贫穷永远催生精神世界的渴望，戴复古其实别无选择，他的家庭一脉相承地遗留下来的才情与孤注一掷，被他毫无保留地拥抱与融合。

成为一个诗人，对他来说是那样的自然，如同吃饭喝水。

但当他走出自己的诗歌世界，毫无疑问会被南宋的现实击中。

当时的南宋如同一袭破碎的华衣，徒劳的美丽。

北宋国破，帝王们逃到南方，前期的抵抗和挣扎随着时间的流逝，再也没了重塑家园辉煌的雄心。临安是个都城，也是个魔咒，皇族们偏安一隅地生活，在山水之间沉醉下去。

曾经的山河谁去管，现在不是有江南温暖的风吗？曾经的辉煌谁去管，现在不是依旧有文人前赴后继想要来建功立业吗？

帝王们存着这样的心思。

倒也没错。南宋都城的迁移使得南方大片荒芜之地变得繁华起来，戴复古的家乡台州正是这样。台州虽为沿海，也曾落后，但正因此贵为安定之所，南宋一来，好似春风携着种子，在这荒野之境耕耘开垦，大地之上一片绿意盎然，渐渐开出繁华。文化更是"忽如一夜春风来"，朱熹等一批文人名士不断任职此地，重视教育，置办学院，使得科举之风空前，因此致显荣者越来越多，简直有鲤鱼跃龙门那般神奇。

然而宋朝以文治国，有人能得青睐一步高升，也有人空有才情仍被束之高阁。帝王无能，名士流亡，或许戴复古早早便认清这路途艰险，也可能他就是血脉相承无心仕途，事实便是戴复古并未被环境裹挟，而是另辟蹊径，丢掉原有，不要世俗，似特立独行的风，浪迹天涯。

戴复古性格直率，做不来四处逢迎之人，他走出家门，不惧现实，他不顾世人眼光，不盲从，不流俗，他不是来做诗人的，而是来做自己的。

身边无数的台州文人赶去考取功名，他只随身携带着自己的诗歌世界，就好像带着自己的山河。

戴复古在现实世界，是特立独行的人；戴复古在诗歌世界，是认真的学生。

他不断钻研，不断精进，但是学无止境，他开始出走，走在拜师学艺的路上。

这是他第一次远行，真正地抛开一切，大约可称为他真正人生的开端。他三次登门拜访陆游，终于拜师成功，他喜欢陆游的诗风，便求得其指点，终成"自有清远之致"的境界。

诗歌对于戴复古是什么呢？

是沉迷，也是无可救药，是他的全部。戴复古承其父之风，慷慨不羁，自成一派。不因逢迎而上，不靠阿谀而走，甚至不以读书科举求取功名，不会违背自我寻求富足。

江湖纷扰，人间流浪，戴复古这回终于学有所成，他想要所有人看到他和他的诗歌。

这一次，戴复古告别妻儿，告别故土，带着诗，带着剑，与花鸟为伴，与日月同歌。什么战争、什么利益都与他无关，他只是诗歌世界里偶尔出走的战士，去寻找一些秘籍与宝典。

走吧，走吧，他一路前行，去往都城——那个所有文人心之所向的地方。

那里有太多人、太多诗、太多梦想，挤一挤都是破碎的声音。

戴复古在京城住了几年，虽然他不求仕途，但是他想要靠诗一夜成名的愿望也不曾实现。求仕途和求名声的人一样多，像是春天里飘舞的柳树，经过一个夏天都不能结出果实，只空留满城飞絮。

那就算了吧！既然与这里格格不入，那还在这里干吗。

离开，离开！

戴复古离开了京城，离开了这个精美的脆弱的牢笼。

这次，戴复古去了前线，去了这个国家正在撕裂的地方。当身处其中，他发现现实那样地令人悲伤与愤懑，他忽然明白了自己从诗歌世界里走出来的意义。

或许他不能以一诗成名，成为天下人敬仰的文人，也不能为自己求得一席之地，成为一个经世济用的才人。但他是认真的行人，来江湖一趟，见不得受苦受难、哭泣哀号。

戴复古开始写下爱国诗篇，字字句句都是当时遭受分离，经历战争，贫穷挣扎的百姓的真实写照。

他在《淮村兵后》中写道：

小桃无主自开花，烟草茫茫带晚鸦。

几处败垣围故井，向来一一是人家。

简简单单的陈述，就可以看到战争、家园和荒芜。

后来，他又在《归后遣书问讯李敷文》（其二）中写道：

身退谋家易，时危致主难。

才能今管乐，人物旧张韩。

吾国日以小，边疆风正寒。

平生倚天剑，终待斩楼兰。

戴复古好像一个影视剧中的侠客，不是什么主角，甚至也没几句台词，只是骑着马，孤单地走着，就有一股江湖气息令人亲近。主角的世界和他没有什么关系，他和一群配角们走得很近，大家都是小人物，互相怜惜，得以慰藉。

戴复古归家了，他像是飞累了的候鸟，偶尔停留下来歇一歇。

"京华作梦十年馀"，到底是一场梦。当年独身而走，今日又独身而回，甚至在妻子病重之时，戴复古也没能陪在身旁。还是当年的路，还是当年的门，但当年那个在他背后默默注视他远去的妻子，再不会从家门迎出。

但这也阻挠不了他的步伐。

戴复古在家中没住多久，便写《家居复有江湖之兴》：

寒儒家舍只寻常，破纸窗边折竹床。

接物罕逢人可语，寻春多被雨相妨。

庭垂竹叶因思酒，室有兰花不炷香。

到底闭门非我事，白鸥心性五湖傍。

戴复古自比白鸥，心系五湖，他是武侠小说中浪迹天涯的过客，天地才是他真正的归属。

戴复古再次出游。

这回他去的地方更多，见得更多，也有更多收获。

最开始他去了江西，有徘徊，有困惑，天地之广，他却言"山林与朝市，何处着吾身"，这经历，这索问，是他一生都在追寻的答案，也是他长久的纠缠。转山转水，东升西落，他是否还是在原地，他是否陷入无望，是否他追求的才是最虚妄的？这所有的所有，没有一个人可以让他标榜，也没有一个人可以为他解答，只有他双脚下的征途，还在不断延伸，去往遥遥远方。

戴复古转而以诗会友，切磋诗艺，"蹭蹬归来，闭门独坐，赢得穷吟诗句清"。

戴复古渐渐地将他的格格不入沉入骨子里，他仍旧是那个携着诗歌世界的诗人，但他也不再执着成为一名诗人，他将他的诗歌收入囊中，不再将其当作宝贝，只作寻常。

戴复古放松下来。

如此这般，戴复古居然意外成名，声誉远扬，高官贤士争相同他结交、同他唱和。当年的那个无名穷书生，终于得偿所愿，不走仕途也名耀诗坛，逐渐形成江湖诗派。

　　戴复古有了自己的第一本诗集《石屏小集》，第一次能够以"专业诗人"的身份出入官府、边境与前线。前十年的艰辛，后十年的获得，戴复古在这二十年中经历了前所未有的彷徨，也有了前所未有的成就。当时以专业诗人想求得名声的人不少，但能如此的，非戴复古莫属。

　　戴复古在此期间写了不少诗篇，也说出了当时年代的疾苦与现实。他这次出游的终点，又回到最初的江西，言："不能成佛不能仙，虚度人间六十年"，也算是某种解脱与释然。

　　成名之后，戴复古已经六十岁，归家两年，又动了游兴，走了一回原来走的路，但途中也再不是当年风景。在这最后的十年间，戴复古又成了当年那个真真正正的纯粹文人，访友，作诗，结交新人。望江楼上，冬日不暖，还好有诗有酒为伴，邵武太守王子文邀二十多岁的严羽同六十多岁的戴复古一同论诗，也成后世称赞的雅事。

　　戴复古人生最后的几年仍在写诗，他是老了的江湖客，不能仗剑前行，也要口诛笔伐。那时是宋理宗时期，浙东一带连续几年灾荒，他便写了《庚子荐饥》，道出了当时的惨痛景象：

杵臼成虚设，蛛丝网釜鬶。

啼饥食草木，啸聚斫山林。

人语无生意，鸟啼空好音。

休言谷价贵，菜亦贵如金。

他的一生都在行走、记录，但是他说："长愿如人意，一生无别离。"

或许最开始，他无牵挂，只想写诗。

但是江湖游荡一世，好像所有又都成了他的牵挂。

人生贵在牵挂，诗歌自会动容。

所以戴复古不再标榜自己是个诗人。

他只是个认真的行人。

路过世界的丛林，留下认真的笔记。

没有谁可以掠夺他。

赵佶：山河水，非我杯茶

赵佶是什么做的？

仙云缭绕的粉，万里山河的水，

无数向上伸展的手与乱开的口。

赵佶就是由这些做成的。

赵佶打翻了茶杯。

赵佶丢失王冠，停止高贵。

这年，耻辱被钉牢在历史的书页上。北方彪悍的游牧民族
金，出兵南下，二次围城，犹豫懦弱的宋城大门被刀剑刺破。

这年，火把点亮了整个都城，照亮了奋力抗争的军民们的脸。

这年，赵佶停止仰望天空。为了生存，他流下屈辱的泪水，却浇灌不出一个圆满的家园。

这年——

北宋，亡。

于是，赵佶和他的一切，快速地，走向丑陋与荒蛮。

赵佶被迫北上。

他无法忍受，像是一只永远飞在云上的瑞鹤，被血腥暴力的猎人一箭射下，掉落在肮脏的泥土里。

赵佶作为一个失败的符号、一个人形战利品，被金兵带去了他们的土地。赵佶觉得自己开始腐朽、开始凋落，他多么想找个借口，躲进去，什么都不管，但这又好像是他自己的恶果，他艰难地吞咽，绝望地哀鸣：

> 裁翦冰绡，轻叠数重，淡着燕脂匀注。新样靓妆，艳溢香融，羞杀蕊珠宫女。易得凋零，更多少、无情风雨。愁苦。闲院落凄凉，几番春暮。
>
> 凭寄离恨重重，这双燕，何曾会人言语。天遥地远，万水千山，知他故宫何处。怎不思量，除梦里、有时曾去。无据。和梦也，新来不做。
>
> ——《宴山亭·北行见杏花》

赵佶离开故土，离开曾经的锦衣玉食，连梦都瘦弱得不曾前来。

跌落了江山这杯茶，好像所有的破碎都随之而来。

赵佶与他的美好、艺术、繁华、浪漫，再无瓜葛。

赵佶最初活在一个名为童话的世界里。他生于宋朝最高贵的皇室，是宋神宗的十一子。因此所有与贫寒有关的词汇都与他无关：贫穷带来的窘迫，低下带来的卑微，困于一隅带来的目光短浅，落魄流浪带来的愤世嫉俗。丰盈的物质让他免于辛劳的努力和刻骨的自我生存，他不必苦苦挣扎而保持一点儿做人的尊严，他没有俗气而庸常的欲望，于是他所有的付出都流于那些更为上层的无用的与大多数人无关的事物，称艺术最为妥帖。

尤其在赵佶还是一个有钱花没责任承担的王爷的时候。

金钱与权力铺就了一条繁花似锦的道路，赵佶处于集全国于一地的艺术中心，还有哪里比皇宫更有浪费美与溢出美的土壤呢？

赵佶就生于美中，接触一切新奇的、特别的、有趣的东西。

他只需要成为一个小王子，寻找他热爱的玫瑰。

他不需奔波，就去了一个又一个星球。

笔墨的勾画里，黑白分明，所有的是非都凝于笔端，是沉静，是奋战，是瘦挺发光的少女，站立如兰如风，那是赵佶独创的瘦金体。丹青的人间中，花鸟清新自然，活泼有趣，只需立于简单纯净的色彩幕布里，就将某一刻的时间、生命以及历史都凝固于纸上，有学者说这是一种"魔术般的写实"。

赵佶在绘画上的天赋无人能敌，但他的玫瑰不止放于一只杯中，他伸手可摘星，无数星球在他的身边围绕。

音乐，是优雅的跳动的倾诉；骑马，是少年如飞一样的肆意；射箭，是专注与刺破世界的快感；蹴鞠，是追逐和竞争的愉悦。而那些有着漂亮花纹的石头，有着獠牙的奇异动物，无一不是诱人的、有趣的。

赵佶拥有干净敏锐并富有天意的触角，他是柔软的动物，于是世界如稚子般躺在他的怀里。因此，他也如孩童般任性，不需任何懂事的眼光。他快活又肆意地活着，求想要的东西，交相投的朋友。

赵佶有一个名声不太好的挚友王诜，和他一样，是个爱画爱美人的浪荡子。世人对他们总是有一点儿嗤之以鼻的意味，因为他们没有走大多数人的道路，没有成为大多数人的样子，但是他们的故事是个好故事。一幅名画《蜀葵图》，王诜有半幅，他总是日夜想着另外半幅，像个痴人。于是赵佶千方百计地找到另外半幅，又将王诜持有的半幅拿走。王诜自以为赵佶会收藏，但是赵佶反过来却将两个半幅装裱为一幅，送还给了王诜。

他们对于艺术的热爱是纯粹的。

这是谁都剥夺不了的。

赵佶就这样无忧无虑地成人，但是艺术并非他人生的全部。

赵佶成年时，意外地走上了皇宫的权力中心。他头戴王冠，便必承其重。他并非不理朝政的昏庸子弟。江山这杯茶，滚烫地放在手中，他想端端正正地拿好，可以一代又一代地传下去。

赵佶在政事上也并非愚蠢无能。他从掌权的太后手中安然无恙地将权力接过来；希望天下的有才之人都能聚集于此，不拘束地说出自己的谏言，对错都好；他提拔贤良的臣子，让奸佞的小人远离；他还多次下令，减轻百姓们的负担；甚至他还认为他一直生长的皇宫过于豪华，不需像贵妇人一样地穿金戴银。

赵佶在最初，节俭、贤能、勤政、爱民，他在努力地扮演一个应该演好的角色。

那时的宋朝顽疾难除。不论是英明神武的宋神宗，还是保守正直的宋哲宗，不论是激进改革的王安石，还是停止新法回归传统的司马光，他们用尽所有的智慧与道德，所有的规则与创新，终其一生，都没有拿出一个良方。而为了治愈宋朝这场贫弱的疾病，朝堂之上的关系错综复杂，党派之争愈演愈烈。这就像是一个被猫蹂躏的毛线团，线头在哪里，早就不得而知了。

赵佶希望自己无所不能。

艺术上的聪慧给了他一点儿自认为的好运，他从没有被失败打击过。但权力的争夺，无尽的抉择，琐碎的一团乱麻似的政事，让赵佶曾经干净的触角早就丧失了原有的敏锐。

赵佶错误地以为自己无所不能，他好像可以成为一个尽职尽责的帝王，也能圆满自我，完成个性。

他是帝王，也是赵佶。

于是，赵佶在位的二十五年，宋朝总是闪烁着艺术的光芒，那光芒像是一个谎言遮盖在世人的眼前，于是那最后的毁灭来得迟钝，又猝不及防。

赵佶将一切与艺术有关的事物一一打理，像是一个细心地给自己的宠物顺毛的好主人。

他的热爱不仅仅是一种肤浅的抚摸，夸夸其谈的自恋，在艺术中，他好似一个超人，威风八面，将每一颗星星都收入囊中，照耀江河。

赵佶信奉道教。于是，道教历史和人物传记被编写，而作为一种类似医疗机构的道观，赵佶希望能普及于民，利于民。

赵佶还推动了宋朝茶道的发展。他喜好茶道，于是这茶的清香也在他们君臣之间，在自下而上的供奉之上，在他所编写的茶书经典《大观茶论》之中。

而作为赵佶最爱的绘画，他不仅收藏了无数的名画，还专门成立了宣和画院，编纂出版《宣和画谱》。绘画不再是一个贵族们消遣的娱乐项目，不再是归于爱好的一门偏僻学科，它甚至更灿烂，同一切文化平等。既然文人们可以凭借文章进入仕途，纵横朝堂，为什么画家们就不可以凭借自己的画走自己的人生呢？

赵佶以诗句为题，考录画师，这让宋朝的绘画也有着文人气质。

他将画作列入科举制度中。

于是，无数的知名画家，张择端、李唐、苏汉臣、米芾，一一脱颖而出。

赵佶这个人，太妙了。作为帝王，他中规中矩；但作为个人，他无遮无拦。

可见，就连帝王都为艺术让路，自由的氛围一定充斥在宋朝的每一个角落。所以一切的蓬勃、有趣、浪漫，在柔弱的宋朝不被任何冰冷阻击，它们快乐地繁荣着。

赵佶的时代，不是人们以为的亡国之状——饿殍遍地，贫瘠荒凉，而是孟元老的一本《东京梦华录》。

一场时隔千年的活色生香与繁花似锦。

一场比盛唐都荣耀的灯火通明。

东京城里有近百座的豪华酒楼，有临街的一家又一家小店。那里有三百多种美食，夏天可以吃上冰凉爽口的冰糕，冬天可以吃一碗热气腾腾的馄饨。这个饱含烟火气的人间，离所有人都那样近，仿佛唾手可得。

这里还是社交的天堂。商人们交易，外来者融入，金钱与文化在这里碰撞。不论是奇珍异宝、古玩字画、飞禽走兽，还是珍珠首饰、香料特产，凡你所想，皆可获得。而日复一日的寻常处，有杂耍、说书、唱曲的各色艺人，等到日头落下，大家就都热热闹闹地聚在一起，刮风下雨都阻挡不了这快乐地享受。

大家好像都生活在平实的美里，每一日都在节气里、在花里、在香气四溢的果实里。

东京，东京，一遍遍重复当时的名字，好像就能看到那时的辉煌。

若是无法想象，那就去走一走，去看一看张择端的《清明上河图》。那幅石雕画卷，一辆辆马车，一条条河流，一个个行走的人，好像就在少年之手中，在那水墨间，在那场梦中。张择端，从山东乘船而上，进入宋朝书画最为辉煌的赵佶年代，描绘了那盛世繁华，天上人间。

张择端，是赵佶艺术的延伸。

东京，便也是赵佶美学的渗透。

但东京并不是赵佶私人的，因为在这背后是宋朝一代又一代经济、文化、人才的积累，因此这天下也不是赵佶私有的，它永远复杂而多变，远离心脏的顽疾无法消除，它们终究会让躯壳死亡。

赵佶从不是无所不能的。

错综复杂的党派之争难解难分，他只能让政治投机者蔡京来作为一个润滑剂，于是奸臣当道，朝令夕改；一条自南方而来的运输线"花石纲"为爱好奇花异石的赵佶而立，于是在这条运输线下苦不堪言的百姓掀起了轰轰烈烈的方腊起义；而北方那块自后晋便割给辽国的燕云十六州，是多少帝王梦中都想要收复的失地，于是赵佶便联合金国抗辽，协定攻打下的土地归宋朝，而要上供给辽的金钱给金，史称"海上之盟"。

隔年，朝堂犹在，起义覆灭，盟约伊始。

十年之前，三十而立的赵佶在自己的宫殿里画了一幅端庄静美的《瑞鹤图》。十年之后，四十而不惑的赵佶不曾意识到，那十八只吉祥物好像渐渐地飞远了。

一切都是那样寻常地进行，没有露出一丝危险的痕迹。

当赵佶得到盟约下的空城时，不知道他有没有意识到游牧民族的野蛮，有没有意识到这场与虎谋皮的戏中他注定是颓丧的失败者。

武力的贫乏，是宋朝开端便埋在血液里的炸弹。一经触碰，随时破裂。

于是，金的铁蹄不仅踏破辽，也要一举南下，踏破这羸弱文明的宋。

城门破。

赵佶打翻了茶杯。

赵佶的一切都被剥夺。名号被摘，宫殿被扰，妻妾子女、臣子百官、技艺工匠、珍宝玩物、皇家藏书，都被抢去。

赵佶不在乎财物被抢，当听到皇家藏书被抢，才仰天长叹。

赵佶丢了江山这杯茶，其他的便都一一破碎了。

他的人生迅速衰竭与腐朽。

四十六岁的赵佶停止仰望天空。为了生存，他流下屈辱的泪水，却浇灌不出一个圆满的家园。

这年——

北宋，亡。

东京梦华，不会复有。

赵佶随着金兵被迫北上，流亡后半生。

赵佶错了吗？他在每一个时间的拐点，好像都走了错误的道路，于是才导致这样的恶果，这或许是巧合或许是必然。但因为这恶果而死亡的人、逝去的梦在余下的九年光阴中一刻不停地折磨着他。

赵佶身处地狱。

这里只有一盏孤灯照着他，照着他的落魄与萧条。那些曾经与他无关的词汇，都一一陈列，日日夜夜地在他耳边吟诵。

赵佶走到了他人生的最后一个地方——五国城，他作诗《在北题壁》：

> 彻夜西风撼破扉，萧条孤馆一灯微。
>
> 家山回首三千里，目断天南无雁飞。

那里太远了，故乡看不到，只有死神可以抵达。但即使死亡，他的身后依旧有无数向上伸展的手和乱开的口。

作为帝王，赵佶死不瞑目。

千百年来的咒骂直达地狱，惊扰得他生生世世不得安宁。

但是宋末这场极富浪漫的艺术复兴，却留下了难以复制和难以获得的星星碎片。这些碎片闪着永不褪色的光芒，跨越时间，化为一场又一场令人惊喜的流星雨。而赵佶作为摘星人，这时，他便纯如稚子，谁也不忍心来责备他。

上下五千年功绩斐然的皇帝不少，但愿意普天文化的寥寥无几。没有诗篇，没有绘画，没有音乐，就连华夏文明也会是孤独而沉默的。

艺术无需谴责。

赵佶承受一切。

柳永：逃避可耻但有用

柳永是什么做的？

美丽的懦弱，低下的执着，

无穷无尽的青春与花朵。

柳永就是由这些做成的。

柳永在新科进士的队列中。

柳永在马上阅春天。

他无数次想象过这样的画面，那是所有文人梦想的一天：

春天的鹿露出了自己的角，柳树与花朵分别陈列在两侧。

文人们走在世界的中央，游览御花园，骑马逛京城。鲤鱼跃龙门的喜悦，他们也拥有。

这天，梦想变为现实，柳永便在《柳初新·东郊向晓星杓亚》中说：

东郊向晓星杓亚。报帝里，春来也。柳抬烟眼。花匀露脸，渐觉绿娇红姹。妆点层台芳榭。运神功、丹青无价。

别有尧阶试罢。新郎君、成行如画。杏园风细，桃花浪暖，竞喜羽迁鳞化。遍九陌、相将游冶。骤香尘、宝鞍骄马。

一切都那样的美好。

柳永好像无与伦比地快乐。

如果他还年少。

年少功名，是锦上添花；中年功名，是奋斗使然，那暮年功名呢？

是疯狂，还是丑陋；是执着，还是怨念？

柳永沐浴在温暖的风里，在所有人的目光里。他的身旁都是俊美如画的新郎君，他在其中，衰弱、苍老，眼睛里却闪着奇特的光，如同一个异类。

这年，柳永已经五十岁了。

这年，高高在上的君王突然捡起自己遗忘的仁慈，要对那些一年又一年科考无望的深渊文人们放宽要求。于是柳永马不停蹄地从鄂州赶往京城，如同一个训练有素的狗捡起主人扔出去的球那样自然，他又一次地参加了春闱。

终于，柳永暮年及第，仕途这条路姗姗来迟。

柳永在人生的答卷上有了看似正确的回答。压力、痛苦、同情、鄙夷、自我怀疑，好像都在这一场考试中消失了。

进士及第，是个艰辛的魔法。

现在，魔法生效了。

所以，柳永应该是快乐的。

他终于不再与世界为敌，不用再逃避最初想要成为的样子。

柳永应该长成什么样子呢？

孩子的模样从来不由孩子来自我塑造，而是由亲人、友邻、社会、世俗。他们身处无数双看不见的手中，像是女娲造人一样被捏塑。他们接受无缘无故的期待，接受最符合主流审美的期望，接受最多人喜爱的憧憬，他们从来不是自由的。

关于无缘无故的期待，来自柳永的父亲柳宜。

柳宜是南唐后主李煜的遗臣。南唐破灭，宋朝建立，柳宜成为心惊胆战的降臣。他活得小心翼翼、战战兢兢，像是一根麻绳上总要摔下去的蟋蟀。因此他也更怀念曾经，怀念那才情与词作俱佳的旧主李煜。但大约也只能在夜晚的梦中。到了白日，柳宜希望他没有选错，希望他能同其他同僚一样，平平稳稳地做官，有更好的前程。

如果没有呢？那他还有儿子。他的儿子没有乱七八糟的过去，他只需要拥有才情，就可以考取功名，在仕途上平步青云。

童年时期的柳永因为柳宜的职位调动，被送回了故乡崇安。崇安山清水秀，在那里，他年幼，他低矮，他蹲下就可以抚摸大地，但伸手够不到大人们粗糙的手掌。柳永与自然最近，离人间最远。在这里，有花，有柳树，有春天，有最完整的自我。

柳永再成长一些，便又回到了父亲柳宜的身边。他学习《劝学文》，据说这个可以使庶人之子成为公卿。世俗的审美禁锢他，巨大的期待塑造他，这是大多数人走的路，他便也理所当然地走。

柳永是有才华的。他在十几岁时游览中锋寺，写了一篇少年感十足的《题中峰寺》：

攀萝蹑石落崔嵬，千万峰中梵室开。
僧向半空为世界，眼看平地起风雷。
猿偷晓果升松去，竹逗清流入槛来。
旬月经游殊不厌，欲归回首更迟回。

他走过山峰，穿过溪流，越过林莽，来到群山环抱的寺院。据说这里曾有可以制服猛虎的禅师，勇敢又睿智。

那他是不是也是制服世界这头猛虎的人呢？

柳永豪言万丈。

哪个少年不自负，自以为世界在自己的脚下。

宋朝这个重文轻武的朝代，好似是为有才华的文人量身定制的。他们不仅可以获得功名利禄，还能得到尊重与信赖、敬仰与爱戴，如果运气再好一些，就能走到高处，得到万人追逐。

身在世俗，择利而走。

世俗的风是吹向柳永的，于是他也欣然接受他应该成为的样子：少年入仕，娶妻生子，受人夸赞，得人敬仰，有安稳功名，美满家庭，忠诚友人，一直到老。

这听起来中规中矩又美好圆满，柳永以为得到这些是那样地轻而易举。

他以为世界就是这样，狭窄、干燥、重复，日复一日。

他以为人生就是这样，平淡、平坦、前进，年复一年。

柳永成年为人，带着一颗不可一世的心，踏上征途。这征途的第一站，按照计划，应该一路北上，去往都城，参加一场人生必不可少的考试。

但人生从来都是不可控的。它像是条一口会咬住人脖颈的蛇，攻其命脉，一口毒杀。

柳永被咬得满目眩晕，世界变得扭曲，光怪陆离，他看到了世界的另一面。

柳永在去往都城的路上，经过杭州。这座被水浇灌出的娇柔城池，更加浪漫而温柔，多彩而有趣。

这座城有锦绣繁华。如烟如画的柳树婀娜多姿，静卧在水上的桥梁面容精致。翠绿的帐幕，嫣红的女子，在高高低低的阁楼上若隐若现，如鸟入云端。绫罗绸缎，珠玉珍宝，镶嵌在一条又一条交错的街道上，一砖一瓦都披金戴银，睥睨四方。

这座城亦有山光水色。江水如雪落人间般壮阔，山川如鲸沉海底般沉静。这里有采莲的姑娘唱起歌，也有绕城的将军骑着马。

还有沉醉的柳永，微醺，不想走。

这里有那些孤小的寂寞的平凡的城所没有的花花世界、青春与良夜。

满眼的花红柳绿，柳永在这里流连忘返。

柳永享受当下，他是快乐的，但这快乐并不彻底，他也是矛盾的。世俗的面具在他的脸上严丝合缝地掩着，于是他也要低下头，去寻一个可以走去的明天。

浑浑噩噩地活到现在，他告别了青春，告别了骄傲，告别了爱。

　　他还有的，只有词了。虽然他的词不再绚丽，成了秋天的风与月。

　　他想，遥远的佛像他可以不要，但他还是需要那个限时供应的玩具，用来抵挡自我的撕扯、世俗的鄙夷、文人的偏见；用来让他抱在怀里，作为一个主流世界定义的正常人的标志。

　　柳永带着自己的词又上路了。

　　科考无望，他还可以去找自己的朋友，让他们来推荐自己，总有一条路能够让他走上仕途吧。

　　柳永开始了他羁旅宦游的生活。他骑着马，风儿将环佩吹得叮当响。满目都是青烟笼罩的枯草，初日照亮的孤道，辽阔天空下的山村一座又一座，不知道已经走过了多少。他好像又回到了最初认识的那个世界，狭窄、干燥、重复，日复一日，如同一颗干巴巴的让人无法下咽的脱水果实。

　　词人，你无力承受。

　　柳永只能将自己的极度悲伤与极度劳累、极度困窘与极度烦躁，一股脑地倾倒在自己的诗词中。

念劳生，惜芳年壮岁，离多欢少。叹断梗难停，暮云渐杳。但黯黯魂消，寸肠凭谁表。恁驱驱、何时是了。又争似、却返瑶京，重买千金笑。

——《轮台子·中吕调》（节选）

这样奔波的日子，什么时候是尽头呢？什么时候我才能回到曾经的时光里？

柳永实在懦弱。他不吃苦，不坚强，遇到困难就怀念过往，碰到阻碍就想停滞不前。

因此，柳永总是陷入自我的苦痛挣扎，他总是不快乐。

不快乐的柳永，一边漂泊，一边写词。他去了西北，去了渭南，到过成都，到过鄂州。他没有挣得功名，倒是写了无数个坠落的傍晚，他在《八声甘州·对潇潇暮雨洒江天》中写道：

对潇潇暮雨洒江天，一番洗清秋。渐霜风凄紧，关河冷落，残照当楼。是处红衰翠减，苒苒物华休。惟有长江水，无语东流。

不忍登高临远，望故乡渺邈，归思难收。叹年来踪迹，何事苦淹留？想佳人、妆楼颙望，误几回、天际识归舟。争知我，倚阑杆处，正恁凝愁！

唱他。

而后，柳永穷困潦倒，死在一群歌女的心中。

少数人的狂欢落幕了。

所有的花红柳绿都要纪念他，这又是怎样的浪漫呢？

死亡亦是快乐。

一场借由嫣红女子唱出的人间悲剧，除了悲剧本身，其他竟都是快乐的。

因此，柳永，你不用纪念悲伤，你只需要记住一点儿快乐，哪怕是那逃避的不彻底的快乐。当然，这后面还应有懦弱的四个字：请勿借鉴。

当然，你就是这样的凡人。

你知晓，其他的人生，你无力偿还。

石延年：淋雨一直走

石延年是什么做的？

一轮清冷无情的月亮，一双触摸雨帘的手，

所有有关安全的对立。

石延年就是由这些做成的。

鬼怪们想起疯了的凡人，想起石延年。

鬼怪们自芙蓉城出发。

他们可能是书生迷恋的伞下精灵，也可能是高头大马的山中巨怪，他们不约而同地绕过可爱的懵懂稚子、咚咚敲锣的打更人，或飞或跑，或骑驴或跨马地去往同一个目的地，寻找同人生这场大雨，自出生之日起便已降临，所有惶惑随之袭来。

总是这样，在摇摇晃晃的人间里就摇摇晃晃地走吧。

石延年又一次考试，终于中第。

十年寒窗苦读，终于看到希望，一群中第的文人都高兴极了，聚在一起来欢庆快乐时光。那时大家已经穿着官服，戴着官帽，好像世间一切的好运气都降临在了他们的身上。然而转瞬间，好运飞走，乌鸦们呜呜哇哇地衔着坏消息不请自来。

有人告状说，考试中有人作弊。结果，成绩作废，重新来考。

轻飘飘的几个字，却不知道碾碎了多少人的梦想。

他们撑起的伞，都破裂了，那些因重考而再次落第的可怜人被重新置于大雨之中。

人生之苦难，如雨点，密集而阴冷。贫穷、潦倒、落魄、奔波，听起来似乎是"天将降大任于斯人也"的必经之路，但谁不想是骄傲少年，骑着高头大马去实现自己揣在怀里的梦想。

于是，可怜人们的哭泣来得并不突然。

猝不及防地哭一场，是面对多难人生的柔软武器。

而像是旁观者一般地镇静自若，是击倒多难人生的唯一法宝。

法宝不是人人都有，但石延年总是让人大吃一惊。

他作为可怜人们的其中一个，只是若无其事地将官服脱下，然后重新进入快乐时光。

快乐时光总是难得，为何不时时投入它的怀抱，亲近一二？

石延年重新落座，喝酒谈笑，如若当初。那些不甘、落寞、痛苦，不知未来要去往何地的害怕呢？这所有突如其来的负面心理怎么会真的不曾出现？即便如此，也请保持自我高贵，只让那些打击像个小丑一样去表演，博君一笑吧。石延年写了《偶成》：

> 年去年来来去忙，为他人作嫁衣裳。
>
> 仰天大笑出门去，独对春风舞一场。

忙来忙去，不知为谁做了嫁衣。找不到自己的新娘，就去同春风跳舞，也算快乐一场。

因此，当听说为了弥补他们这些落第者而要授予他们三班借职——宋朝最低的武官官职时，石延年觉得这如同向乞丐丢弃馒头一样令人感到羞耻，他才不要。石延年甚至写了一首《登第后被黜戏作》来讽刺这场荒诞剧：

> 无才且作三班借，请俸争如录事参。
>
> 从此罢称乡贡进，直须走马东西南。

各种官职串在其中，好像一场场剧目重现，一个个文人争相登场，要走上这仕途的舞台。和所有人一样撑起伞，隔着雨帘看世界。这真的是所有人都想要的人生吗？

不然要怎样呢？群居的人类，总是害怕和他人不同。

石延年却总是站在惶恐之上。

大雨中，石延年不要一把伞。

石延年到了三十多岁才终于踏入仕途，是因为他的母亲。毕竟，亲人的期盼总是令人不忍，连那棒打天庭的孙猴子也想要换来唐僧的夸赞。

没有人可以完完全全做自己，但总有人愿意穷尽一生去奔赴那场无限接近自我的旅程。

石延年后来去金乡县做地方官，虽然他豪放而无所拘束，但是他有做官之能，在地方上有治理之名。

但石延年也不是勤劳之人，他去张氏园亭里游玩的场景，好像才是他的日常。

亭馆连城敌谢家，四时园色斗明霞。

窗迎西渭封侯竹，地接东陵隐士瓜。

乐意相关禽对语，生香不断树交花。

纵游会约无留事，醉待参横月落斜。

——《金乡张氏园亭》

平平无奇的几句诗，一点儿庭院景色。心中并无牵挂事，那就好花好酒看好月吧。石延年好像总是不为外物所伤，他就躺在温暖的自然中，懒懒的冷眼，淡淡地回头。

　　当然热烈也可以来得很快，就像是不打伞的孩子们享受雨水的透彻淋漓，很傻很天真。

　　石延年离开金乡县，又在其他地方做了几年官，而后回了都城。

　　石延年在京都有能和他一起快乐的朋友，他们喜爱他不规矩的言行，喜欢他豪放的诗句，看到他就好像能够看到另一个自己。

　　石延年当然从来不在乎。喜欢他的就来喜欢，讨厌他的就去讨厌。作为一个不走寻常路的异类，他也总能找到志同道合的人。

　　都城新开的王氏酒楼，石延年和朋友刘潜在上面喝酒。酒楼上能看到辽阔的广大的天，看到鳞次栉比的屋，看到花红柳绿如同水墨画的杂乱植物，还有来来往往热闹喧嚣的人群。一切好似一个被水包围着的美丽水晶球，如果一摇晃，连人间都摇曳起来。

　　石延年和刘潜从早喝到晚，只一杯又一杯地喝酒，不发一言地沉默着。

　　好像没有什么同他们相关了，但是也没有人叫他们疯子。

这一场酒力的比拼，传来传去，成了两位酒仙喝酒的故事，嘻嘻哈哈地就成为传说。

石延年面不改色，他好像醉了，又好像没有醉。

石延年同刘潜一起，穿过围坐的人群，各自走着回家的路。

会怕有人说他怪诞吗？

石延年当然不怕，他最爱千奇百怪的一切。

石延年如此爱酒，他发明了各种奇奇怪怪的饮酒姿势。总不是那种规规矩矩饮酒的人，他披头散发或脚戴枷锁，或者如同一只鸟飞到树上，如同一只鹤跳来跳去，如果没有灯，也可以做个盲人，在黑夜里寻找一点佳酿。

石延年做官的官署后面有一座小庙，他甚至在那里行为放肆地喝酒，好像整个宋朝的风风雨雨都与他无关。他也在那里写一些跳脱的句子，命名为《搔虱庵长短句》，好像那些只是他挠痒时无关紧要的一点灵感。

他看近在眼前的小绿虫，也看落寞无光的日头，赏春日挂枝头，也叹冬日檐上冰。

他状似无情，又好像感慨万千；他看似有情，又吊儿郎当、无所顾忌。

他是一个如此精彩的矛盾体。

石延年又踢踢踏踏地上路了，他被派到海州任职。

到了海州后，他便令人将桃核投到每一块土地上。没过几年，那里就有了漫山遍野的桃花。

很简单，很奇特，又很浪漫。

就好像石延年这个人一样。

石延年在海州又遇见了刘潜。他们一起上船，在碧波摇荡中，又是一场豪饮。从天黑到天明，没有酒，就随便捡起旁边的醋，一起来喝。

好像是知己间一场无言的谈话。

后来，石延年再不曾见过刘潜。因为这黑夜里的一场无忧对饮过后，悲伤也会随着白日来临。刘潜的母亲去世了，刘潜极为痛苦，大哭而亡。

仔细想想，他们好像就是这样一群人，一群不愿意规规矩矩地打着伞遮雨，不愿意安安稳稳地忍着人间惆怅，还要装作若无其事，长长久久活下去的人。

他们就是要真真切切地活着，要走出传统，走出世俗，走出安全圈。

石延年总是要站在安全的对面。

他在海州任满，也不空手而归，载了两船私盐拜托自己的友人与同僚去其他地方来卖。石延年不是不食人间烟火的仙人，他总是铤而走险，贩卖自己的小聪明，做一点儿有意思的事情。

当时查处不严，他也无所顾忌，倒也不曾惹到麻烦。

石延年又一次回到都城。

宋朝虽然繁盛，但武力贫弱，当时边境的契丹和西夏都对宋朝虎视眈眈。那时的宋朝已经安安稳稳地过了三十多年，石延年却极力谏言，希望朝廷能够关注边境的安全问题，他的建议理所当然地未被任何人重视。直到西夏真的前来进犯，当时的君王宋仁宗才终于发现他的才能。

因此，哪怕石延年在殿前快快乐乐地饮酒，宋仁宗也那样地尊重他，不曾打扰。

西夏进犯，石延年奉旨去河东征兵，他征兵征了十几万，边境的将军想用这些人抵抗外贼。石延年却说，这些兵士都不曾经历过战争，有的懦弱有的勇敢，如果懦弱的逃跑，那么勇敢的也会跟随，何不选出勇敢的，那样每个人都是不可战胜的了。

石延年看起来是混沌地活着，但他好像又总是有隔离人群的冷静与清明。

石延年在四十七岁时，和同僚吴遵路奉旨出使战略要地河东。吴遵路兢兢业业，他却跟随在侧，吟诗喝酒，就那么站在人群之外，被所有人敬仰。

吴遵路是个老实人，说出了自己的疑问，他说如果你可以稍加留意，以你的才能，所有的事情都可以妥帖做好。

石延年哈哈大笑道："国家大事我怎么敢疏忽呢？"他说得头头是道，将士们是否英勇，粮食是否充足，哪些山石险峻，哪些道路畅通，没有一处遗漏错误。

同僚都认为他是天下奇才。

不曾渴求，便不曾在乎。

这摇摇晃晃的人间，石延年喜欢的，有趣的东西很多，只有酒是他的最爱。

白日他是官，求人间财，做文人事。到了晚上，他七情六欲都回到腹中，冒着雨也要匍匐于世界之上。

石延年便又在屋中喝酒了。

鬼怪们纷纷坐在他的身侧。

他不会害怕，他最爱这千奇百怪的一切。还有什么比这摇荡的人间更让人担惊受怕、受尽折磨吗？

石延年好像醉了，又好像没有醉。四周的鬼怪们聊天、弹奏、歌唱，抑或只是安安静静地下棋，如同朗朗世上每一个白日劳作夜晚休憩的凡人。今夜无友，何不与他们共饮呢？

石延年不说话，一杯又一杯地喝酒。无人与他欢愉，他便自斟自酌，有人同他碰杯便也饮下，喝到兴处，便念他最爱的诗，他在《寄尹师鲁》中这样写道：

十年一梦花空委，依旧山河换桃李。

雁声北去燕西飞，高楼日日春风里。

眉比石州山对起，娇波泪落汝如洗。

汾河不断天南流，天色无情淡如水。

石延年探寻往昔，发现摇晃的人间里，有十年一梦，有花落花开，有离别悲痛，也有江河逝去。那些纷飞的燕啊，离开了不知道还会不会回来；那些远走的人啊，今生也不知道还会不会归来。倒是高楼常沐春风里，不知道比多少人都活得快活。所以，究竟是谁在哭泣呢？是如画美人、歧途路人，还是高耸的山川、奔腾的河流呢？

还是他自己，独自面对人生的这场大雨？

石延年没有回答，只是说，苍天无悲无喜，淡薄如水。

"天若有情天亦老，月如无恨月常圆。"

鬼怪们想起疯了的凡人，想起石延年，便想得到他。

因此，石延年因酗酒而亡，传说死后入主芙蓉城，成了鬼仙。

而"凡人们"想起疯了的朋友，想起石延年，便想对立他。

因此，"凡人们"只能望一望清冷无情的月亮，得不到什么拯救。

第三章　谁英雄

即使那火变得微弱，

只剩一点点飘忽的光。

但那依旧足够照亮丰碑，

照亮上面红色的跳跃着的字：

祝我刀枪不入，祝我永不回头。

总有一天，人们会明白吧。

辛弃疾：站在和平的中心舞宝剑

辛弃疾是什么做成的？

年少时漂亮的宝剑，被关在笼中的恶龙，

无尽的沉默的长夜。

辛弃疾就是由这些做成的。

辛弃疾被大雪阻碍，没有追上友人陈亮。

他望着前路无话可说，就好像望着北方被金兵占领的宋朝国土，沉默不语。

前一天两人聚会的场景还历历在目。那是偌大的宋朝中孤独的两个主战派的互相安抚，两只年过半百的困兽的一场自我鼓舞。

他们站在和平的假象中舞着宝剑，如同站在世界的中心做一场怪异的表演。

各自安好的人流从他们的身侧四散开来，他们被远离、被无视、被抛弃、被剥夺。

他们张着嘴巴，声嘶力竭地喊叫，却好似哑巴，无人理会。但是坐在屋中，酒温起来，喝到兴处，就好像还能做梦，梦里还是少年英雄，金戈铁马闻征鼓。于是，辛弃疾回忆往昔，写下了赫赫有名的《破阵子·为陈同甫赋壮词以寄之》：

醉里挑灯看剑，梦回吹角连营。八百里分麾下炙，五十弦翻塞外声，沙场点秋兵。

马作的卢飞快，弓如霹雳弦惊。了却君王天下事，赢得生前身后名。可怜白发生！

梦中响吹角，半夜不睡觉。提灯看宝剑，上马去杀人。

一个热血又冷漠的夜晚。

一群意气风发的少年。

他们踏着月亮，踩着风，去挑一盏昏黄的灯，喝一口浪荡的酒，执一把漂亮的剑，沾了血。

他们好像可以征服全世界。

他们是巨龙，是可以展开双翅保卫江山的信徒。他们仰望的是一个圆满的家园。

但是四十九岁的辛弃疾，徒留伤心与白发。

年少时漂亮的宝剑，被丢在了二十三岁的时光里。那是辛弃疾从来也不想弄丢的、豪情万丈侠气冲天的自己。

当时有一段屈辱的历史：

北宋最后一个皇帝被金人俘虏，北宋的山河也被金人掠夺，这场"靖康之耻"的血与泪，沉淀在所有被金人占领的土地中。一张浓重的锈红色的网将这场事故中的民众绑缚，辛弃疾的祖父辛赞就是这些民众中的一个。

懦弱而庞大的宋朝皇室中的大部分人都无奈屈辱地成了金人的奴仆，少数的逃兵则去了南方，成立南宋，苟延残喘地咒骂着自己的命运。

辛弃疾生于 1140 年，动荡与苦难的南宋之初。这个时间如此巧妙。如果是这场事故之初，大多数人都疲于奔命，无暇顾及什么江山与尊严；如果是这场事故之终，大多数人大约已经顺从命运，成为温顺的羔羊。只有这时，南宋的帝王刚刚喘了一口气，将衣衫整理好，便想起自己皇族漂亮的脸蛋。

他们大约是想不起什么被俘虏的民众的。

1140年，宋朝与金朝的战争愈演愈烈。名将岳飞在战场上酣战，本来一路北上，势如破竹，却被求和的皇帝用一道道催命符召回。

不久，英雄陨落。

或许南宋就是这样，永无英雄用武之地。

南宋一鼓作气，再而衰，三而竭，于是北方的民众依旧在窒息之中饱受欺压。

什么也没有改变。

1140年，辛弃疾的祖父辛赞将希望放到了自己的孙子身上。

什么时候宋朝会再一次英雄出世，会再一次身披盔甲收复失地，还一个明朗与和平的江山，还一个热闹和喧嚣的人间呢？

辛赞对此心心念念，不想如同狗一样屈辱地活着。

是要等每一个青年都横刀立马，每一个青年都热血难凉，每一个青年都不畏艰险、纯粹勇敢，每一个青年都手持宝剑，用心和肉体守护家园。

就让辛弃疾成为这样的青年吧。

所以辛弃疾从来就不是一个文人，他好像是仇恨、热血、悲愤与豪迈铸造出来的一柄宝剑。

辛弃疾从少时起，既读圣贤书，也钻研兵书，他能够提笔写诗，也能骑马越山河。他不是文文弱弱关在门中的书生，而是习武练剑意气风发的儿郎。

辛弃疾二十二岁时，金朝和南宋之间和平的表象又一次被撕破了。曾经用岳飞的命运换来的和平盟约，被金朝的君主两手一拉，撕扯得干干净净。北宋已经倾覆，他们还想要推倒南宋的城池。在失地中生活的宋朝遗民们终于举起反抗的大旗，一个又一个地站了出来。

什么时候会有一个明朗与和平的江山呢？

当每一个青年都横刀立马，热血难凉。

辛赞想要的世界好像就在这一刻忽然回归。

那是无数平凡民众压抑灵魂的申诉嚎叫。

辛弃疾要为这样的世界战斗。

辛弃疾在自己的家乡扛起反抗的大旗，先是组建了一个两千多人的小分队。当时义军规模最大的是耿京拉起的队伍，于是他便毫不犹豫地投奔了耿京，像是一条溪流汇入了大海。

如果这汪洋大海汇集地越来越壮阔，那么那波澜就能摧枯拉朽地冲刷出一个新的世界。

辛弃疾渴望看到这样的场景，他跟随耿京做了个参谋，还将自己认识的一个名叫义端的僧人和那人手下千余人的小溪流也拉入了这大海之中。可是水有清浊，人有丑恶，僧人拿起刀剑，就连佛祖也不曾放在眼中。

义端最终窃取了耿京的军印，快马而逃。

耿京震怒，要杀辛弃疾来消气。

一个由辛弃疾拉拢来的叛徒，荒谬地编排了一场三人关系的戏码。

不将佛祖放在眼中，那就让神魔来惩罚。辛弃疾以三天为期，将叛逃的义端抓获，二话不说，便将其头颅砍下。

辛弃疾不是好人，他是个恶龙，有一颗滚烫的心。

经此一事，耿京发现辛弃疾是个豪杰。后来他们这些起义军在金兵的地界愈发不好过，耿京便派辛弃疾等人南下，带着书信表明自己归宋的决心。

他们是宋人，便想要回到宋朝。

辛弃疾不辱使命，得了宋朝皇帝的接见，也得了官职，他们终于师出有名，可以拿着刀驾着马喊叫着夺回曾经的家园。

带着好消息的辛弃疾，却又迎来一个噩耗：主帅耿京被副将张安国杀害，张安国投靠了金兵。

年轻的辛弃疾永远带着宝剑一样的风和锋。他听闻后，先是沉默，然后便带领五十人突袭了上万人的金兵大营。

当时张安国还在纵情声色，畅饮今宵，大约不曾想到那歌曲是他死亡的前奏，杯酒是他悲剧的庆贺。辛弃疾快马行过，扬起的沙尘滚滚，像是猎人捉兔子一样，将张安国逮上自己的马，送他去了该死的地狱。

辛弃疾还了耿京的重用，也给了宋朝一个解释。

是深情，也无情。

是惊艳，也是杀人不眨眼。

辛弃疾自此离开北方，向着一直渴望着的南地远山奔走，奔向他自以为美好的未来。

曾有诗句说"十步杀一人，千里不留行"，辛弃疾大约是"十步杀一人，一夜便留名"。

时人洪迈《稼轩记》评说："壮声英概，懦士为之兴起，圣天子一见三叹息！"

全天下的人都为他惊叹。

二十三岁时，辛弃疾迎来了他人生的高光时刻。

全天下的人都成为黑白背景，只有唯一的一束光打向他，他忠诚而勇敢，飞奔向宋朝的山脚下。

然而，所有的光都是转瞬即逝，就像所有的人生都不能如意。

辛弃疾骑在马上，得意又拼命地向前奔跑，他得到了一些东西，便也失去了一些东西。当他成为属于帝王的宝剑时，便失去肆意出鞘的自由。

辛弃疾回到南宋，回到帝王座下。他归宋后没多久，宋朝北伐失利，主和派们衣冠楚楚地将主战派们像是乞丐一样地赶出朝堂，而后签署了屈辱的隆兴和议，带来四十年的和平假象。

白日里的太阳，一半亮着，照亮南宋的江河，另一半暗着，悬挂在北方金朝的土地上。

南宋被这太阳照得明亮，恍惚笼罩在金光灿灿的美好里。

北伐失利，大家就将探出去的头收了回来，像得了遗忘症一样，将失败忘在脑后，将屈辱忘在脑后，就在这金光里，变成立地成佛的懦夫，你好我好大家好地假扮盛世。

辛弃疾这个喊打喊杀的少年，俨然成了一个闯进奢靡舞会的"刺客"。

但他还不自知。

后来，他写了《美芹十论》，在咿咿呀呀的灯红酒绿里高念自己的绝世武功。

《美芹十论》是一部没有废话的军事论著，精辟又精准地谈论宋朝面临的军事问题并提出具体的解决措施。辛弃疾不是急功近利的主战派，他清醒，他希望宋朝能够采取有用的措施来战胜胆怯，自治图强，继而收复中原。

野人美芹而献于君，亦爱主之诚可取。惟陛下赦其狂僭而怜其愚忠，斧锧余生，实不胜万幸万幸之至。

辛弃疾说："我英明的君王啊，不要在意一次战争的失败，听听我说的话吧，我们收复中原就势在必得啊！看看我的文章吧，听听我的策略吧，我这样冒昧，如同乡野之人献出可口的芹菜，您千万要赦免我的狂妄，我的痴心，我的忠诚，我实在不能自已，因为我太爱宋朝了，太爱君王您了！"

辛弃疾好像油嘴滑舌的男孩，他缓缓跪下，向自己心爱的女神献出心神。

看似胸有成竹，实则忐忑不安。

他低到了尘埃里，却还笑嘻嘻地强装自我。

少年人的坚强，祈求也要包裹浪漫的外衣。

但他拿出的不是那朵锦上添花的玫瑰，而是刀、是剑，是永远站在你身后护你尊严的胸膛。

如此不合时宜。

因此，自谦无用，鄙夷总会快速来临。

君王听他高谈阔论，君王又将他束之高阁。

这束光如此快速地将辛弃疾带离这场英雄戏。

高光的旁边，从来都是黑暗。

辛弃疾不再跪着，他拍拍身上的土，站起来，退出那舞会。

茫然四顾。

盛大关闭，黑暗来临。辛弃疾捧着自己滚烫的心脏，站在宋朝的山下，无人理会。许许多多的人都走上前来，又离去，他们互相看不真切对方，也无暇顾及，每个人都伸着手盲着眼在自己的人生里摸索前行。如果不小心，碰到别人，说一声对不起，便也匆匆走了。

没有人是错的。

但辛弃疾捧着的心摔在地上是疼的。它曾经那样干净无瑕，现在却好像被尘土染脏了，连捡拾也无从下手。

辛弃疾没有成为上阵杀敌的一名战士。他所表白的女神没有接受他一腔热情的爱恋，却给他发了微笑着的好人卡。

君王从《美芹十论》中看到了他的才能，却不让他去战场，而是让他四处辗转地任着文职，治理地方，打理政务。

辛弃疾像是帝王养的一条狗，哪里需要就被牵去哪里。

兜兜转转，人人好像都要活成狗。

一年，两年，五年，十年。

辛弃疾从少年到中年，从希望到失望。

什么时候他才能上战场，去大杀四方，收复失地呢？

无人回答。

如果抛开那不合时宜的梦想，辛弃疾的人生在回到南宋之后，看起来是可供参考的。他寻到了众里寻她的那个她，家庭美满，他虽不是官运亨通但也确实在建功立业，他的才华被人们看到，他的英勇也被人们看到。开心时拿过刀剑，落寞时写过诗词。

所以他还想要什么呢？

辛弃疾在建康赏心亭写了赫赫有名的豪迈之词回答：

　　楚天千里清秋，水随天去秋无际。遥岑远目，献愁供恨，玉簪螺髻。落日楼头，断鸿声里，江南游子。把吴钩看了，栏杆拍遍，无人会，登临意。

　　休说鲈鱼堪脍，尽西风，季鹰归未？求田问舍，怕应羞见，刘郎才气。可惜流年，忧愁风雨，树犹如此。倩何人唤取，红巾翠袖，揾英雄泪。

　　　　　　　　　　——《水龙吟·登建康赏心亭》

辛弃疾说，秋意是我心，冰冷无人知。为何国家的这座山丘，如同女人头上的玉髻，这样软弱而奢靡，总是藏在风雨飘摇的幻梦中。可怜我这把宝剑还不曾饮过敌人的血，我狠狠地把栏杆拍遍又有什么用处呢？

他所渴望的都是奢侈。

辛弃疾的命运总被噩梦裹挟，一点点的好是引诱的陷阱，而后是无尽的挣扎与头破血流。

辛弃疾没有外伤。

他顶天立地地站在那里，谁都看不到他流血的心究竟在如何破裂与反复愈合。

还有机会吧，辛弃疾只能这样安慰自己。

辛弃疾在滁州任知府，让凋零的地方繁荣起来。他还去讨伐茶寇，轻轻松松地将他们俘获，但他是不开心的，他不愿意拿着刀剑去刺杀那些被逼无奈的农民。

后来，他去了湖南，说那里武备空虚。

辛弃疾不论何时何地都要钻空子拉队伍建兵营，他在那里建了一支飞虎军。

《宋史》中说："雄镇一方，为江上诸军之冠。"

虽然他不曾带领他们上过一次战场。

然后，他又走了，去江西治理饥荒。治理完成，他便被弹劾，被罢了官。无法做自己想做的事情，无所谓了，不过他终于明白自己"不为众人所容"。

少年人的一腔热血好像快要熬干了。

近二十年的时光过去了，原来他一直都站在和平的山下舞宝剑，他终于意识到自己像个异类，是在一群斯文人里的野蛮人。

"而今识尽愁滋味，欲说还休。欲说还休，却道天凉好个秋。"好像也没有什么好说的，就说这凉爽的秋天真好吧。

辛弃疾是执着的、豪迈的，就好像也是乐观的，但这乐观不过是裹在苦涩药丸上的一层稀薄糖衣，因为这样才可以忘记让他恍如失去一切的痛苦，忘记那好似矫情的不合时宜的一点盼望。

1181 年，辛弃疾被罢去所有官职，他对官场已经没什么留恋，转身向自己的乡间田园生活走去。

他曾在《水调歌头·和马叔度游月波楼》中写道：

客子久不到，好景为君留。西楼著意吟赏，何必问更筹。唤起一天明月，照我满怀冰雪，浩荡百川流。鲸饮未吞海，剑气已横秋。

野光浮。天宇迥，物华幽。中州遗恨，不知今夜几人愁。谁念英雄老矣，不道功名蕞尔，决策尚悠悠。此事费分说，来日且扶头。

这羸弱的国家，该怎么办呢？想要建功立业的心，谁又能懂？算了算了，这事说不清楚，那就让我们向鲸鱼吞海一样豪饮吧，来吧，喝酒吧，彻夜大醉吧！

辛弃疾心急如焚，辛弃疾又假装坚强。"总把平生入醉乡。

大都三万六千场。"辛弃疾笑着将眼泪抹去。

  醉里且贪欢笑，要愁那得工夫。近来始觉古人书。信著全无是处。

  昨夜松边醉倒，问松我醉何如。只疑松动要来扶。以手推松曰去。

——《西江月·遣兴》

"昨天我在松树边醉倒。你问我醉到了什么程度？我以为它要来扶我，笑话，我是谁，于是我用手一推，说：'去，别管我！'"

辛弃疾不知道喝了多少酒，也不知道写了多少词。他的词，都是战场的梦，是被关在笼中的巨龙，是昏睡后的悲鸣，是带着炽热的晚间烟火。

辛弃疾就这样，沉睡时喝酒，清醒时沉默。他坐在溪边，望日出日落，或站在茅草屋旁，听靠在一起的老夫妇说着吴侬软语，看他们调皮的小儿子剥着刚刚摘下的莲蓬。

时光就这样过去，也是平静美好的样子。

但是，宋朝日落西山，老友一个个死去，连曾经一起喝酒的陈亮也不在了。

那说着"男儿到死心如铁"的壮烈之情是不是也一起走失

了呢？

岁月无情，不知悲喜。

不知怎么回事，世上的一切都开始老迈起来。

出门去看，太阳落山，原来弹指间，又一个二十年已过。其间，辛弃疾也有几年去任了官职，但更多的时候，他还是过着游山逛水、闲云野鹤的村居生活。

但闲适从不是他的底色。

"若教眼底无离恨，不信人间有白头。"辛弃疾也有了白发。他终于要吐露一点儿真心，一点儿哀愁，一点儿衰败，他写了《贺新郎·甚矣吾衰矣》：

> 甚矣吾衰矣。怅平生、交游零落，只今余几！白发空垂三千丈，一笑人间万事。问何物、能令公喜？我见青山多妩媚，料青山见我应如是。情与貌，略相似。
>
> 一尊搔首东窗里。想渊明《停云》诗就，此时风味。江左沉酣求名者，岂识浊醪妙理。回首叫、云飞风起。不恨古人吾不见，恨古人不见吾狂耳。知我者，二三子。

但他依旧是狂妄的。他说："我不恨看不到疏狂的前人，而是为他们遗憾，看不到疏狂的我。"

辛弃疾六十四岁时，金人再次向南扩张，宋朝开始被主战派主导，他被重新启用。

辛弃疾如同一个常年在冰天雪地里的人，忽然被请入了炎热的盛夏，如此不适应。

他不过是作为一场政治斗争中的老字号招牌被搬出来，放在那里。主战派急功近利，辛弃疾又一次苦苦劝说，又一次无人听他说话。

真是好笑！

这个世界，不给好人出路，也不给坏人生机。

辛弃疾仍旧是君王眼里的那条狗。

他如此明白，又无可奈何，他眺望远方，写下《永遇乐·京口北固亭怀古》：

千古江山，英雄无觅孙仲谋处。舞榭歌台，风流总被雨打风吹去。斜阳草树，寻常巷陌，人道寄奴曾住。想当年，金戈铁马，气吞万里如虎。

元嘉草草，封狼居胥，赢得仓皇北顾。四十三年，望中犹记，烽火扬州路。可堪回首，佛狸祠下，一片神鸦社鼓。凭谁问：廉颇老矣，尚能饭否？

英雄老矣。

1207 年，主战派的战势如辛弃疾预料的那样，一路衰败。

君王终于要让他亲自上战场了。

但时光不给他这个机会，辛弃疾卧床不起，病亡。临终前他大喊："杀贼，杀贼！"他不再沉默，或许他回到了曾经，或许他又到了梦中——

一个热血又冷漠的夜晚。

一群意气风发的少年。

但如果让他选择，算了，就不要让他自己选择了。我望他不要做自己，谁都好，不要做那个英雄就好。也望他看到，江河远阔，家园美满。

这回，他就当个油嘴滑舌的男孩，缓缓跪下，向自己心爱的女神献出心神。这回，他什么都不需要做，只念一首他擅长的诗词就好：

我见青山多妩媚，料青山见我应如是。

王安石：祝我刀枪不入，祝我永不回头

王安石是什么做的？

坚固城堡的石，万水千山的梦，

不可触及的新日。

王安石就是由这些做成的。

王安石随水而走。

王安石在辽阔的江上。

王安石离那群东京城里冠冕堂皇的君臣越来越远，便离伤心与哀痛越来越近。

这年，他经历了一场死亡。他不知道是如何走入那场葬礼的，那沉睡不醒的王雱，是常常伴他左右敬他爱他的儿子，是与他一起面对政治围攻并肩而立的战士，如今，只剩他一人。

这年，他经历了二次远走。他又一次丢失相位，变法失利，辞官退居。他被高高在上的皇族们质疑，被固守传统的士大夫们反驳，被追名逐利的同党们算计，也被无知的百姓们责骂。全天下的人都手持尖刀，汹涌而来，将他团团围住，在他的耳边嘲讽着，嘶吼着，哭诉着，叫喊着。

这年，他生了一场人生的大病。

病痛折磨着他的躯壳，离别摧残着他的心肺。

他该得到的尚未得到，该失去的却永远失去。

这年，他五十六岁，已经是一个老人了。他不再刀枪不入，不再坚不可摧，天地浩阔，无人应允他、慰藉他、拥抱他，于是他只能向秋天独语：

　　江水漾西风，江花脱晚红。

　　离情被横笛，吹过乱山东。

　　　　　　　　　　　　——《江上》

他没有声嘶力竭地号啕大哭，只是平静地讲述：无尽的风将呜咽的笛声吹来，凋零的花随着江水——埋葬。这是沉默的失望，是无可挽回的怅然，是痛不欲生的挣扎，就如同这时节，盛夏过后，连万水千山的梦都要一一破碎。

所以，当他的皮肤变得褶皱、骨头变得脆弱、步伐变得缓慢时，如同一棵秋天的大树，开始凋零自己的叶子、枯萎自己的枝干，他便也开始怀疑、反驳、算计、责骂自己。

那抱在怀里的坚定的梦想，是否也只是一场时节的更迭，对时间和世界来说，于事无补。

如同现在，早晨的太阳也要落山了，它终究不曾进入黑夜、改变黑夜。

王安石摇摆不定，王安石不再年少。

王安石出身于仕宦人家。一个良好的家庭如同一艘坚固的船，一个带花的院子，一匹飞快的马，总能带给他到达不同目的地的可能性。他不必困于一隅寒窗苦读，也不必不断迁徙疲于奔命，他只需要美好地漂亮地活着，就可以成为一个很好的人。

王安石不负众望。

王安石幸也不幸。

他衣食无忧，很轻易地就拥有了接触世界的两种途径——读书和旅行。

他爱读书，极为聪慧，过目不忘，还极富才华，下笔成文。书本给了他高贵的品质，也给了他虚幻的美好，一种笃信世界应该和平美好的单纯妄想，一种非现实的梦。

但王安石不只是迂腐的贵公子，他跟随父亲宦游各地，敲开了世界缤纷的一角。

王安石在诗句中说："少年见青春，万物皆妩媚。"

他看到了东京城灯火通明不灭不休的夜晚，也看到了山间小林上熠熠闪烁的星空，看到了亭台楼阁中精致巧妙的韵味山水，也看到了似是拍天而来的无边波浪。

王安石十七岁时跟随父亲进入都城东京，以文会友。过了几年，他参加科举，得了进士第四名，开始步入仕途。

王安石一路走来顺风顺水，行至此处，没有任何波澜。

他意气风发，年少时的诗句读起来那么辽阔，每字每句里都是稚嫩的豪情万丈：

> 万里昆仑谁凿破，无边波浪拍天来。
>
> 晓寒云雾连穷屿，春暖鱼龙化蛰雷。
>
> 阆苑仙人何处觅？灵槎使者几时回？
>
> 遨游半在江湖里，始觉今朝眼界开。
>
> ——《狼山观海》

王安石看到这样令人惊叹的自然景象，说："现在才发现，世界在我的眼前打开。"

但是世界不只是彩色的、漂亮的，被水晶球一样地包裹起来，一味地让人快乐。世界也是黑暗的，肮脏的，血腥不止的，战乱不断的。

宋朝拥有前所未有的经济盛世，但是软弱得如同一个手无缚鸡之力的女子，不断地任人宰割。遥想宋初，开国帝王看到了武力的蛮横和危险，一意孤行地将"重文轻武"的理念执行下去，希望国家不再有宦官专权，不再有藩镇割据。但想象是美好的，现实是残酷的，这就如同牧羊人希望羊群不受侵袭，却不圈养牧羊犬、不围起篱笆、不拿起枪，而是祈求羊群每日吃一样的草而不会互相打架。

这好像就是和平，是没有侵扰的和平。

多么可笑，又多么愚蠢。

但那些秉持传统的士大夫如同捧着圣旨一般一代又一代地传承着。

一直到，狼来了。

内部软弱，但是外族强大，与辽的战争失败了，与西夏的战争也失败了。宋朝伏低做小，向他们妥协，向他们求和。

于是在这样血腥又懦弱的争斗中，更多的问题开始显现出来。

宋朝的江山虽然仍旧安定，但是已经开始皲裂，露出流着脓和污血的伤口。任何风吹草动都可能让它摇摇晃晃，让它高烧患病直至死亡。

王安石不愿意在这粉饰太平的中心停留，他不眷恋东京城的繁华，他要到每一个充满怪石嶙峋的地方走一走。

王安石一直都在地方做官，每去一个地方，都兢兢业业、勤政爱民。他接触到了越来越多的现实，看过了越来越多的贫穷和困苦，便也越来越有悲天悯人之心。

他的愿望很简单，希望每一个人都能吃好饭、做好事，好好地过完一生。

他希望他能为这个世界做点儿什么。

想改变世界，做个英雄，但这也是困难重重，大多数人的下场不是落魄，就是死亡。

但是三十岁的王安石还年轻，有着刀枪不破的勇气，没有什么可以阻挡他，也没有什么能够伤害他。

王安石登上飞来峰，在《登飞来峰》中大声地喊：

飞来山上千寻塔，闻说鸡鸣见日升。

不畏浮云遮望眼，自缘身在最高层。

"当我站在最高处，世界就在我的脚下。"

王安石希望没有浮云可以遮住他的眼睛，希望还能看到更多别人没有看到的地方。

　　这样费力不讨好、不走寻常路的王安石渐渐有了名望。

　　王安石又奔波了几年。他在郊外看到了很多辛勤劳动的蚕农依旧贫困饥饿。十几年来，他已经看了太多这样的事情。宋朝这从根上便腐烂的花朵，远远望去如绫罗绸缎般娇艳，却从不散发一丝馨香。

　　他愤怒，也无力，他知晓前方困难重重，就算他穷尽一生，奔波不断，治理好一个又一个地方，那其他千万个地方又该如何呢？

　　王安石渐渐离他的青春远去了。

　　很多自以为是的笑话，现在是不是也该丢弃了呢？

　　不！不要！

　　王安石终于按捺不住，三十八岁的他回京述职，第一次说出了他的愿望，写了长达万字的《上仁宗皇帝言事书》。

　　那万字的背后是他奔波多年的血和泪，是他一次又一次身体力行，走遍宋朝的土地；是他一次又一次走进田地，询问农民们的话语；是他一个又一个夜晚，辗转反侧对自我的围猎；是他一次又一次眺望京都、眺望远方，而后再次前进的勇气。

　　那是他的梦，一个广大的梦；也是他的惑，一生不罢休的惑。

　　他认为应该对宋初以来的法度进行改革，提出了一系列的改革措施。

他希望能够改变这个世界。

希望能让这个混沌的社会变得清明。

但是仁宗并未听他这激情昂扬的演说。

所有人都觉得王安石疯了，因为他总是衣冠不整，说着这样大逆不道的疯话。但所有人也隐隐知道王安石说的一切这样真实。但他们选择不听不看，宁愿要一袭无数破洞的华衣，也不要一身戎装，上阵杀敌。

但帝王依旧想要将他留在京中，士大夫们也想看到他的风采，王安石却不想看皇帝的新衣。

王安石一次又一次地拒绝。

高官厚禄，他不要，名声名望，他也抿着嘴摆摆手。

于是所有人都以为他无欲无求。

没有人知道王安石究竟想要什么。

王安石拒绝多次后终于妥协，他留在京中，一时被士大夫们引为盛事。或许他的才华真的令文人们仰慕，也或许他们以为王安石终于做了正确的选择，向他们所有人一样做一个低下头颅听从君王的好好先生。

王安石在这里认识了很多可以一起指点江山的朋友，司马光、吕公著、韩维与王安石一起，史称"嘉祐四友"。他们四个人志趣相投，闲暇时便相约游山玩水，总有说不完的话和做不完的梦。

谁都希望友情长存，也都希望初心不改。

王安石依旧是王安石——一颗冥顽不灵的石头。他永远学不会如同一个儒士一般性格温顺，当他碰上朝堂中的一堆老古董时，总是会出事情——他不出所料地得罪了权臣。而后他的母亲离世，他便辞职回了江宁，不曾入朝。

王安石依旧怀抱着他那被许多人看做很幼稚的愿望——做个英雄。

这是多少人儿时的记忆，等长大了，成为笑谈，酒杯一碰，都是破碎的声音。

王安石依旧保存着他一往无前的勇气。

直到宋神宗的出现。宋神宗说："天下弊事很多，不得不改革。"王安石终于等到了同他一起做梦的人。

宋神宗任命王安石为宰相，天下哗然，毕竟，这是将脆弱的江山放在一个激进的疯子手中。一群士大夫又惊又怕，他们激烈地讨论新法的利害，反反复复地争论，反反复复地攻击，如同一群婆婆妈妈的小脚老太太争论这块布可以不可以做新衣。

王安石才不管，他走马上任了。

自上一次来到都城东京，又过了一个十年。

十年烟云，天地都换了颜色，不变的倒是熙熙攘攘的夜晚，小商小贩们叫卖的声音。

王安石希望这声音能一直延续下去，百年千年。

他开始了轰轰烈烈的变法。

这一天终于到了。

王安石幸也不幸，他要做"虽千万人吾往矣"的那个人。

王安石想要将宋朝的基石撬起，将那些陈旧的制度革除，将那腐朽的国家重生，想要把捆绑着百姓的枷锁一刀砍断。他说："天变不足畏，祖宗不足法，人言不足恤。"即使他的好友们都因政见不同离他而去，形同陌路。

一批又一批的文臣们辞职，退出这场不见硝烟的战争。

王安石必须一意孤行，他选择了这条路，即使头破血流，众叛亲离，也要走下去。

总有一天，每一个人都能吃好饭做好事，又好又长地过完一生。他们会明白的吧。

王安石铁石心肠，又满怀惆怅。他希望自己的这场变革是一场炸醒世界的爆竹，能为宋朝送来新的天地。

王安石过了一个好年。他在《元日》里写：

爆竹声中一岁除，春风送暖入屠苏。

千门万户曈曈日，总把新桃换旧符。

这大抵也是他唯一一次过的好年。

没有人同他分享这个好年了，除了一直同他一起的儿子。

王安石茫然四顾，那些曾经的好友，有的离开，有的流亡，有的下狱，还有的，便是站在他的对立面嘲讽他、抨击他。而他的身侧皆是一群为权为利的人，如豺狼虎豹围绕于膝下。

王安石依旧向前走。

王安石依旧推行改革。

即使几乎没有人懂他、爱他、敬他，即使他孤军奋战，即使他泪流满面。

总有一天，他们会明白的吧。

王安石在这样的自我安慰、自欺欺人中，遇神杀神，遇魔斩魔。

直到百姓们为了逃避新法而宁愿自断手腕，他才发现，不只是在朝堂之上他孤立无援，连那些百姓，也不支持他，也来责骂他。

王安石的愿望很简单，却只有他才能守护。他依旧戴上无情的面具，孤军奋战。

值得欣慰的是，在王安石的指挥下，宋朝迎来了唯一一次军事上的大捷，但这依旧于事无补。

王安石五十四岁时，天下大旱，灾民们流离失所。群臣们

一味地说，这是新法带来的灾难，连高太后也哭诉说，"王安石
乱天下"。

后来，神宗也开始动摇了。

王安石辩无可辩，他终于知晓，自己的幼稚和自大、可笑
与无知。王安石满身伤痕地离开相位，但他依旧没有死心。这
天下，只要有一个人明白他，他就要永不回头地一直走下去。
他还有同他一起的儿子，同他一起的家人。

王安石写下了《泊船瓜洲》：

京口瓜洲一水间，钟山只隔数重山。

春风又绿江南岸，明月何时照我还？

春风已经吹绿了江南，那明月什么时候会照还到我的身上呢？

王安石抱着最后一丝希望又回到了朝堂，登上相位，但是
新法再难维系下去了。

他身边的豺狼虎豹开始吞吃他，顽固的士大夫们开始凌迟
他，而那些被变法弄得苦不堪言的百姓，哭泣的声音笼罩在大
宋江山之上，日日夜夜地折磨他。

而后，常伴他左右、敬他爱他的儿子也永远地离开了他。

于是，那把终日悬在他心头的剑终于落下，抓心挠肝，令

他痛不欲生。

王安石五十六岁了，他终究是一个老人了。他的皮肤变得褶皱，骨头变得脆弱，步伐变得缓慢，如同一棵秋天的大树，开始凋零自己的叶子、枯萎自己的枝干，他便也开始怀疑、反驳、算计、责骂自己。

但是，后悔吗？回头吗？

没有答案。

而后，所有的事情都随着宋神宗的死亡，如同一场龙卷风般将曾经的一切刮得无影无踪。

曾经远走的好友司马光接替了他的相位，刚上位，便全面废除了新法。

这场变法，除了留下一笔足以令宋王朝未来二十年都富足的金钱外，再无其他。

后世无数在史书上留下伟大背影的学者们，都在说王安石的错误。

错了吗？

王安石的人品无人指摘，王安石的才华令人赞叹。变法中所有的举措都经过他深思熟虑，一点一点地刻在心中，写在纸上。

怪只怪他的思想太先进，若放在车水马龙的今日可以实现，放在车马都慢的古时便完全是一个超现实主义的伟大但不合时宜的梦。

王安石是一个失败的渔夫，他乘风破浪，行得太远，将所有人都狠狠地甩在身后，于是所有人也都抛弃了他。

因此，他不再要一瞬间的摇摆不定，他要永不回头。

王安石随水而走，行在辽阔的江上。

太阳快要落山了。

王安石的身后空无一人，他的眼前是盛大而唯美的黄昏。

连太阳也会坠落，但会有熊熊大火缓慢又长久地燃烧。

王安石还在向前走着，他走入了慢慢归来的黑夜。

晚年，王安石退居金陵。

他又开始交朋友了。许多年前，他还有很多好友，但是，一场一往无前的变法将他们隔离。王安石叹息，也只是叹息。多年沉浮，心力全无，再无诗歌可和。旧事就让它们远走吧。不过，他倒是在自己的新朋友——邻居杨德逢的墙壁上写了一首《书湖阴先生壁》：

茅檐长扫净无苔，花木成畦手自栽。

一水护田将绿绕，两山排闼送青来。

王安石不再是那个执拗的老头了，他好像又回到了少年时代，怀抱里还揣着一个改变世界，做个英雄的美梦。

那个梦里，世界就应该是这样的：一座打扫干净的茅草屋，有花木环绕。屋外有良田、小河，还有累了可以枕靠的两座青山。冬去春来，清风会吹来花香，山河四处都是这沁人心脾的味道。

但梦终有尽头，三千鸟鸣将他唤醒，他仍旧是那个执拗的老头。恍恍惚惚中，他以为他还在自己亲手打造的隐居之所，过着犹如梦中的生活。

那就隐去吧，不再出现。

王安石终于消失在了江上。

他一生追逐太阳的影子，在那些波光粼粼上闪亮而虚无。那落日的大火，他投身于此，便也壮烈。即使其后有一万倍痛感黑夜的来临，一万倍狂风的席卷，一万倍时间的蹉跎。

那曾经令人痛苦的黄昏，那曾经无人应答的疆土，都仍旧会被那场大火包围。

即使那火变得微弱，只剩一点点飘忽的光。

但那依旧足够照亮丰碑，照亮上面红色的跳跃着的字：

祝我刀枪不入，祝我永不回头。

总有一天，人们会明白吧。

文天祥：从未停止，永远追随

文天祥是什么做的？

破旧的围城，不歇的暴雨，

行至死亡的斗争。

文天祥就是由这些做成的。

文天祥被囚禁在京师的一间小小的土屋里。

土屋的门是低矮的，窗是狭窄的，潮湿又阴暗。雨水从高处流进这窄小之地，和着土变成污泥，这污泥又晒不到太阳，便会有泥土的味道，若是赶上忽然高温，又变得闷热起来，没有风能吹入。有时候有人在外面烧饭，柴火的烟就会飘进屋子，顺便将旁边仓库里腐烂粮食的霉味带进来。

另外，这里还有很多人和暗处生活的小动物，在死了之后，细菌四散，很容易变成瘟疫，让不少人染病。

文天祥待在这堆散发着各种味道的淤泥中已经两年了。

或许，这里同外面没有什么不同。

宋朝的江山，早已黯然无光，被雨水灌满，摇摇晃晃地漂浮起来。

一切变故都有迹可循。

十年前，文天祥在致仕之后重新被启用，他在任上见到了前宰相。那时，距元军南侵已过去四年，文天祥因为和主张逃避迁都的宦官臣子们意见不合，建议也不被采纳，便自请辞官，而后又被召回。

前宰相江万里遇到文天祥，谈起国事，神情哀伤，他对文天祥说，自己老了，在众人中，能够承担治理国家的重担的也就是文天祥了，希望文天祥努力。

不知道这是夸奖还是诅咒，抑或是文天祥人生的旁白。

这年，文天祥三十九岁。

两年后，1275 年，元军沿着长江进攻。宋朝已濒临灭亡，多位将士都已投降，在这风雨飘摇之际，宋朝诏令天下兵马勤王。

文天祥听到勤王的诏令，痛哭流涕，他明白，国家已至危难之际。曾经他有勇气赌气辞官，也能够衣食无忧，声伎满堂，那是因为屹立不倒的宋朝绵延至今，才给他生活享乐之所。

现如今，一切都将倾倒。

于是，文天祥散尽家财，将所有的资产作为军费。他召集天下英豪，聚集兵众万人。朝廷得知此事，命令文天祥率军去京中护卫。

文天祥的朋友阻止说："现在元军分三路南下进攻，想要攻破京城，直击内地，你率领万余人去京城护卫，这如同驱赶着群羊和猛虎做斗争。"

文天祥自然明白这个道理，但是他说："国家养育臣民三百多年，在此生死存亡之际，无一人一骑入京护卫，这将是多么遗憾的事情。所以我愿意不自量力，以身殉国，希望忠义之士可以听此事而奋起反抗。人多便可促使事情成功，那么国家也就有保障了。"

最终，文天祥带着这支拼凑的军队出发了。

他们是宋朝的子民，便愿意为宋朝而战，但是不是谁都同文天祥一样，那么豪爽、直率、一心为国呢？

家国乱世，不甘、愤怒、自私永远如影随形。

文天祥抵达平江时，元军已至常州，因此，文天祥派自己手下的几个将领援助常州。

几个将领带领士兵奋力杀敌，但谁都没想到，在黑漆漆的夜里竟会被自己人斩断救命的路，淹死在冰冷的河水里。一个名叫张全的将领，不发一箭，逃跑退却了。因此元军撕破这个突破口，攻破常州。

文天祥不得不面对自己手下的死亡与逃窜，弃守平江，退守余杭。

转年，文天祥担任临安知府，没多久，宋朝便投降了。

往日的战争场景依旧历历在目。黑漆漆的天空和温热的血，拼命的嘶吼和临死的执拗，统统被扔在不知道多少场令人麻木和恐惧的对决中。

文天祥细数死去的人的日子，数也数不清。

很快地，他被推着向前走，去元军中议和，然而被元军扣押，后又狼狈地逃窜出来。

天下大乱，各自为军。

文天祥希望将所有人都团结起来，那力量足以抵抗元军。因此，他一边躲避元军，一边四处联络。

可是，世事从不遂人愿。

纷杂世界，各人自保，流言四起，怀疑、污蔑，真相是什么不重要，相信什么才最重要。

但是在破落时代，谁会相信谁呢？

这个国家不值得信任，朝廷不值得信任，甚至连身边的亲人也不值得信任。

文天祥想去联络两淮统兵的制置使李庭芝，还未到达时，却被传言朝廷秘密派遣一个丞相前来劝说投降。于是开始了一轮又一轮的刺探、窥测，两个都不愿意投降元军的人不曾会面。文天祥不得不忍受饥饿，躲避刺杀，四处逃窜。他身边的人一个又一个地受伤，而文天祥坐在箩筐里，被抬到高邮，然后坐船行至温州。

文天祥是狼狈的，也是愤怒的。

他在《端午即事》里写道：

五月五日午，赠我一枝艾。

故人不可见，新知万里外。

丹心照夙昔，鬓发日已改。

我欲从灵均，三湘隔辽海。

曾经赠送我艾草的故人已经看不到了，新结交的朋友也远在千里。一心想要为国尽忠的人，如今已白发苍苍。

文天祥累了，但他不敢停歇。

五月，文天祥等人拥立益王赵昰为帝。

然后，文天祥继续进入战场。一支又一支的队伍从江西起兵，与他会合。

可惜，还是失败了，一个又一个人被杀害，如同上一个黑夜降临。

文天祥穿起丧服，痛哭不已，不知应为谁祷告。

转年，1277 年，两军仍旧缠斗。

文天祥的部下一个又一个地被杀害，他的妻妾子女也被抓住，只有他自己侥幸逃脱。

文天祥来不及悲伤，召集残兵驻扎于南岭。

又一年，宋朝气尽，益王已死，卫王赵昺继位。文天祥希望能够去帝王身侧保护，但并没有获准。这一年，瘟疫流行，文天祥的母亲和他唯一的儿子病死。

死亡，死亡，还是死亡。

不论是帝王，还是平民，不论是妇人，还是儿童，都在这场朝代更迭中付出了生命的代价。

连曾经忍辱偷生、和平的假面也戴不下去了，迫不及待地要换个新天地。

文天祥被捕时，士兵们都埋头躲在荒草中。

不过几年时间，曾经那个散尽家财、豪爽正直的文天祥，已经经历过一次又一次的逃亡。

这回，尘埃落定。

文天祥不愿行跪拜之礼，也不愿写什么招降之书。

他说："我不能保卫父母，还教别人背叛父母吗？"

文天祥被一次又一次地逼迫，不得已写下了《过零丁洋》：

　　　　辛苦遭逢起一经，干戈寥落四周星。

　　　　山河破碎风飘絮，身世浮沉雨打萍。

　　　　惶恐滩头说惶恐，零丁洋里叹零丁。

　　　　人生自古谁无死？留取丹心照汗青。

文天祥不惧怕死亡。

他做过一切能够做的，也失去了一切能够失去的，他没什么要做的了，只留一片丹心能够明志于史书。

他认为自己死里逃生是幸运的，但是他不想要这幸运。他想要做一个忠臣，但是他仍旧让国家受到了屈辱，他认为自己即使死了，依旧是有罪的。

文天祥是在被送去京师的路上绝食了八天，却仍旧没死，才又开始吃饭的。

然后，他就被囚禁在一间小小的土屋中。

文天祥在那里坐着，一动不动。那里肮脏、狭小、散发着阵阵恶臭，他却没有生任何病，他说，是因为身上有天地间的浩然正气。

于是，文天祥写了《正气歌》。

这一股气，贯穿着宋朝始末，在文天祥身上，做到了极致。

文天祥最终从容赴死，他对狱卒说："我的事完成了。"

能够归于故土，追随宋朝，他已无憾。

陆游：我将以什么面对你

陆游是什么做的？

呼啸的黑夜，月亮的泪水，

湿漉漉的梦与马。

陆游就是由这些做成的。

要下雨了。

陆游裹紧身上的毛毯看着窗外，柴火把整个屋子烤得暖烘烘的。

远处的云黑压压一片，迅速地滚了过来，随之而来的风如困兽，咆哮着要把天空撕裂。忽而，雨水没有预兆地落了下来，屋瓦之间噼啪作响，好似有一条河水从天边奔涌而来。

不大一会儿，天地便被雨水浸透，湿漉漉地透着阴冷。

陆游的心没来由地被刺痛。

这年，陆游已经六十八岁，是个老翁了。他离开都城临安，蜗居在自己的家乡——一个名叫江阴的小村庄里。他总是告诉自己不要想，但是他又忍不住一遍又一遍地想，想湿漉漉的南宋，想湿漉漉的中原和那些令人辗转反侧的湿漉漉的梦。

那梦随着宋朝的国运而生，像是扎根在陆游的生命里，太久也太深了，和着他的血肉而成，每碰一碰就像是用手触他的心，触到时间的最初、灵魂的深处。

陆游出生于名门望族，那是江南一个有名的藏书世家。如果按照既定的路线，很显然，他会跟随父辈的步伐，读书，写诗，进入仕途，安安稳稳地做官，没事研究研究典籍，运气不好可能经历宦海浮沉，运气好了可能步步高升。总之，他像所有的文人一样，有个爱好，有个爱人，有个不知好坏的官途，等到老了，就回乡休息，写诗看书，什么都不用想。

可是，摇摇欲坠的北宋终究没有抵得过百年侵蚀，这座高楼倒下的瞬间，底部发出的巨大响声仍旧没有切断云端的奢靡与繁荣。

陆游出生的那年冬天，金兵南下，两年后，金兵攻破北宋的都城，当权者的衣服被剥得只剩最后一件，才终于从浑浑噩噩中猛然醒来，发出震耳欲聋的一声尖叫。

那是北宋灭亡的余音。

整个宋朝都开始了一场逃亡和迁徙。

陆游跟随父亲陆宰先是回到家乡，可是金兵的铁蹄越来越近，巨大的危险与不安如影随形，他们便又去了东阳，随后才逐渐安定下来。

但是流亡的影子始终挥之不去。

所有人都变得慌张、焦虑，与曾经平静的生活永久地告别。有人丢失家园，有人丢失亲人，有人奔波劳碌，有人彻夜难眠。

屈辱，还是屈辱；难过，还是难过。

不安、动荡、憎恨、恐惧，不论多久，依旧能够从身体中翻滚出来，冷意直上心头。

金兵拿着刀剑就在枕侧，没有人知道，那刀会不会在某一天就挥向自己。

这样大动荡了几年，南宋在烟雨江南建都，配的是一副柔弱的面孔。

这时离北宋的繁荣之景破碎还没几年，曾经的美好那么近，也那么诱人，引得所有人都还存有幻想，再打回去吧，回到曾经平静祥和不曾破碎的家园。

陆游就是在这样的环境中长大的。

他一边练剑读书，一边听着岳飞北伐的消息。

一年又一年，一次又一次的胜利，一次又一次的希望。茶余饭后，家里家外，大家都谈论着、兴奋着，睡梦中都是有一天，全胜的捷报可以响彻中原。

然而，很多梦是无法达成的。

当时的皇帝宋高宗装聋作哑，一心求和，将势如破竹的岳飞召回，派主和的秦桧签了和议协议。

这是宋人离收复失地最近的一次，离梦想成真最近的一次，离曾经的家园最近的一次。但这花费了无数的精力与汗水，饱含了无数殷切与热泪的捍卫之战，仍旧是被懦弱的受不到一点风吹雨打的帝王亲自毁灭了。

这场战争结束，陆游已经十五六岁，是个少年郎了。

这所有的一切，他都看在眼里，记在心中。

他想，总有一天要让这场收复之战重启，然后拿起剑，用血肉之躯夺回一切属于宋人的家园与荣光。

陆游这样想着，也这样做。

江湖远大，总有这么一天吧。他期盼着这一天，这是他、他的家人、身边的无数人都期盼渴求的。

然而，江湖险恶。

陆游初入仕途，参加考试，就因为他考至第一，考得比秦桧的孙子还好，就被秦桧嫉妒。结果是，秦桧想要截断陆游的仕途之路。

国家仍旧四分五裂，亟待修复，权臣的精力却全用在了私仇上，南宋又怎么会好呢？

而作为主战派的陆游，在一群被主和派占据的朝堂中也显得那样格格不入。他隐隐意识到，他选择的道路是一条艰难的，或许也是鲜有人愿意走到底的路。

但是陆游心里仍旧是那样地热切，他彻夜攻读兵书，希望有朝一日能够奔赴战场，拿起武器保家卫国。

直到秦桧病逝，陆游才得以初入仕途，这年，他三十一岁。

陆游刚进入朝中，便应召献言献策，他是个很直接的人，言论恰好被高宗采纳，官路倒也平顺。虽然陆游每天都想去大声地呐喊，希望朝廷可以出兵北伐，但是他明白，那是无用的。因为宋高宗一心逃避只求安稳。

对帝王来说，陆游的心、陆游的理想、陆游的热血都像是衣服上的跳蚤，只需一抬手，便可以当垃圾一样扫除掉。

陆游在《夜读兵书》里一边激愤一边哀叹：

孤灯耿霜夕，穷山读兵书。

平生万里心，执戈王前驱。

战死士所有，耻复守妻孥。

成功亦邂逅，逆料政自疏。

陂泽号饥鸿，岁月欺贫儒。

叹息镜中面，安得长肤腴。

陆游已经失去最为意气风发的少年时代，正步入无可奈何的中年。

直到陆游三十八岁，宋孝宗即位，这位帝王对议和并不抱积极态度，但也不是什么励精图治的帝王，陆游却仍旧上疏建议能够整治军纪、守好江淮一带，并慢慢图谋收复中原。可惜孝宗并未在意陆游的言论，并且因为陆游的冒进还将他降为镇江府通判。

陆游才不管，这些话在他的心里憋了太久，总要说出来才好。

不过，命运这回眷顾了他。

虽然陆游的建议没有被采纳，但是转年，宋孝宗便派张俊为都督主持北伐。

陆游又喜又愁。

喜的是多年夙愿终于要实现了，北伐，北伐，这两个字在他的梦中出现过无数次，千回百转，陆游祈求的不就是有这么一天，弥补岳飞本应实现的一个美丽的大团圆的结局吗。

但是陆游也是愁闷的。他明白，战争不是儿戏，它包含了残忍、暴力与死亡，和平是浴血之后从中开出的纯白的花，要谨慎，再谨慎。

因此，陆游上书张浚，希望张浚能够制定一个长久之计，不要轻率出兵。然而，张浚并没有听陆游的建议。四月，张浚便集结大将李显忠、邵宏渊两军共十三万人北伐。

陆游只能祈求一切顺利。

刚开始确有捷报传来。

宋人等这胜利的消息太久了。

或许真的能够成功吧。陆游一次又一次地在夜晚听到远处的兵戈声，然后是有人高声喊：捷报！捷报！

然而张浚并没有准备周全。李显忠和邵宏渊二人不和，使得邵宏渊并不愿意力战，就这一个口子，足以令金兵乘虚而入。结果，宋军防线溃败，金兵反攻，直过淮河。

自此，宋朝的主和派又一次趾高气扬起来，好像对金供奉是什么值得骄傲的事。然而确实无可挽回，宋军再无征战之力，宋朝被迫议和，就像多年前一样，什么都没有改变。

陆游受到打击，但是他也确实看到了一种可能，如果准备充分，考虑得当，宋军确实有收复中原的希望。

陆游不管合不合时宜，在任上他认识了张浚，便一股脑地将自己的想法说出来，向张浚献策出师北伐。也正是如此，陆游被人进言，说他结交谏官，鼓吹是非，力劝张浚用兵，于是，陆游被一脚踢出临安，回到了自己的家乡江阴。

离开临安，陆游忽然感觉自己像是做了一场梦，终于醒了。这么多年，他热切期盼的，难道是什么洪水猛兽吗？他所渴求的，难道是什么阴谋诡计吗？为什么，为什么他沦落至此？

走一走吧，不要整日思来想去，被困住了。

陆游在山西村里看了又看，写下了名篇《游山西村》：

莫笑农家腊酒浑，丰年留客足鸡豚。

山重水复疑无路，柳暗花明又一村。

箫鼓追随春社近，衣冠简朴古风存。

从今若许闲乘月，拄杖无时夜叩门。

农家腊月里的酒不醇厚而且有点浑浊，但菜肴是好吃的，一路上箫鼓声此起彼伏，可真热闹啊！这边还保留着淳朴的民风，晚上趁着月色闲游，还能四处敲门做客，可真舒服啊！

这是陆游一直想要的一种平静安宁祥和的生活。

这么多年，他所做的一切，只不过是因为他对这片土地爱得深沉。

他的热爱每时每刻都令他快乐，也令他倍感煎熬。他踌躇不前，谨小慎微，害怕任何一点微小的力量都会破坏这份美好；他也不断前行，哪怕头破血流，也在所不惜，因为他想要的是一个没有任何担忧与恐惧的家园。

陆游在家中赋闲了四年，朝廷才终于又想起他。这回陆游随着山阴逆流而上，入蜀。

这年，陆游已经四十五岁了。他边走边看沿途的风土人情，将这次的经历写成了《入蜀记》。

过了两年，驻扎在陕西南郑的王炎，想要召陆游为其做事。

陆游欣喜若狂。

梦中不知道出现了多少次的场景，真的能亲身经历吗？

陆游单枪匹马地去了南郑，投在王炎麾下。

陆游亲历了战场，战场热烈的风吹得他浑身战栗，兵戈之音震耳欲聋，士兵们的吼叫响彻云端，一切都被放大，再放大，陆游变得那样渺小，被一种充满激动与热血的情绪紧紧地包裹，动弹不得。

陆游在这里，拿起刀剑保家卫国，守卫边疆。

如果可以，他愿意在这里奋战一万年，但是他只在这里待了八个月。

在南郑的数月，陆游更深入地了解了整个战局，他受王炎的委托，草拟了驱逐金人、收复中原的战略计划，名为《平戎策》。

陆游常常到各个据点和要塞巡逻，当时吴璘之子吴挺代父掌兵，然而性格顽劣，多次因微小过失杀人，然而王炎不敢得罪。由这样的人掌管兵权是一个巨大的危险因素，陆游认为不可取，劝谏用吴拱。王炎却认为吴拱性格怯懦，缺少智谋，遇到敌人必败，并未采取陆游的建议。

很快，陆游草拟的《平戎策》也被朝廷驳回，北伐计划流产，幕府解散，王炎回京。这一场轰轰烈烈，如梦来，又如梦散。

陆游是茫然无措的，好像有人忽然自黑夜而出，夺走了他怀中的宝物，并且当着自己的面摔碎，大骂这不是什么好东西。

陆游被人劫掠，还不能说一声不好，像个傻瓜一样失魂落魄。

就在这失魂落魄的氛围里，朝廷不管三七二十一地将陆游扔到了成都。

陆游在入蜀途中，冒着小雨，骑着驴，喝着酒，一步一步地前行，作诗《剑门道中遇微雨》：

衣上征尘杂酒痕，远游无处不消魂。

此身合是诗人未？细雨骑驴入剑门。

奔袭万里，满身尘土，但是终究不能如愿，如今就在这细雨微光中勉强做个诗人吧。

陆游在成都做着闲官，过着悠然的日子。

但是如果以为他就此沉寂，那就错了，没过多久，陆游就上疏，建议出师北伐，收复失地，依然未被采纳。

陆游可真让人无奈，他愿意经受政治迫害，经受山高水远，经受一次又一次在希望与失望之间徘徊。最开始的他最富有，拥有青春，骑着马向前跑，但是没有用，有人要将他拉下马。那算了，走吧，一步又一步地走，总能走到吧。但他们又把路毁坏，那就修路吧。结果又有人移了一座山放在他的面前，山上还有一群强盗。

陆游被一次又一次地打倒，但是他并不起来，他和身下的大地拥抱，他高喊："看到了吗？这就是我的宝物，你们永远夺不走。"

陆游还是忍不住，他在蜀州阅兵的时候又写了《蜀州大阅》，用来抨击宋朝养兵不用，苟且偷生。

他一次又一次地上书，就像一次又一次地用兵器去戳当权者身上碰不得的脓疮，这东西又痛又痒，当权者还是掩耳盗铃，而且要求所有人都要跟他们一起粉饰太平。

于是，陆游像个被观赏的动物一样孤立，被主和派一次又一次地诋毁，说他"不拘礼法""燕饮颓放"。

陆游自号"放翁"来回应这些人，虽然他白天是个狂放的老翁，但到了晚上还是会流下眼泪，情不自禁地写下诗篇。

　　和戎诏下十五年，将军不战空临边。

　　朱门沉沉按歌舞，厩马肥死弓断弦。

　　戍楼刁斗催落月，三十从军今白发。

　　笛里谁知壮士心，沙头空照征人骨。

　　中原干戈古亦闻，岂有逆胡传子孙！

　　遗民忍死望恢复，几处今宵垂泪痕。

陆游在黑暗里，看着远方的月亮，静静地独坐，直白地陈述：想一想，距离上一次和金人议和已经过去十五年了啊！将军们驻守在边疆并不征战，岁月就这样一年又一年模糊地过去了。军库里的弓箭许久不用，都已经生锈腐烂；战马也无所事事，将自己吃得肥胖，直到死去。士兵们从军十五年了，少年熬成中年，中年白发丛生，所有的心声无处可说，只能一遍又一遍地吹响羌笛。月光啊，你平等地照耀着每一寸土地，但是土地上的争执与杀戮却沾染不了你半分。只有被占据家园和被迫远离家乡的人们才会彻夜流下眼泪!

一曲《关山月》，多少亡国恨。

五十一岁那年，陆游理所当然地又被免职了。被免官后，陆游病了二十多天，移居到浣花村。陆游在杜甫草堂附近的浣花溪畔开垦了片菜园，白天种菜，晚上挑灯夜读，他同几百年前的杜甫一样，感受到了幸福，也感受到了痛苦，作诗《病起书怀》:

病骨支离纱帽宽，孤臣万里客江干。

位卑未敢忘忧国，事定犹须待阖棺。

天地神灵扶庙社，京华父老望和銮。

出师一表通今古，夜半挑灯更细看。

陆游说，即使职位低微，他也从未忘记忧虑国事。

就这样，陆游被一次又一次地贬谪，一首又一首地写诗。

"你不让我在朝堂上说，那我就写诗来说，我要诉说我的痛苦、我的怨恨、我的不甘和我不敢轻易触碰的梦。"

谁也拦不住，陆游将所有的情绪诉诸其中，那情绪里饱含泪水，令所有壮阔的景色如同被雨水洗涤一般晶莹剔透，令人一眼看穿，于是深陷其中，不能自拔。

陆游是那样地好懂，没有高深莫测的理由，也没有七窍玲珑的花招，一字一句之后，是令无数人震耳欲聋的沉默和难以言表的苦难。

陆游大声地说了，向着整个宋朝江山摇旗呐喊。

与其说陆游的诗词越来越有名，不如说他的梦想已经尽人皆知。

因为陆游的诗名远扬，当时的宋孝宗又继续任用陆游。

那就去吧，陆游便又去了江西。当时他被任命为江西常平提举，主要负责粮仓和水利相关事宜。当时江西闹水灾，哀民遍野，饥肠辘辘，陆游便号令各郡开仓放粮，并亲自放榜发放粮食，同时向朝廷上奏，请求开常平仓赈灾。这本是一件平平常常的地方官员应该做的事情，陆游却因此被弹劾，说他所作所为逾越规矩。难道要等一层又一层地上报，一层又一层地批示后，再做拯救之事吗？原来那些高高在上的人们，不仅懦弱，而且卑劣。眼不见为净，他气愤地辞官，再一次回到了家乡。

这年，陆游已经五十五岁了，他还是什么都没得到，那就继续写诗吧。

早岁那知世事艰，中原北望气如山。

楼船夜雪瓜洲渡，铁马秋风大散关。

塞上长城空自许，镜中衰鬓已先斑。

出师一表真名世，千载谁堪伯仲间！

——《书愤五首》（其一）

这回，陆游看着月亮，没有眼泪。

他的豪情，如同龙卷风席卷了整个黑夜、整个宋朝。

他的愤怒，让死气沉沉如同暮年贵族的宋朝变得生动起来。

宋朝的文人太多了，有才华的更是数不胜数，他们同样有志向、有抱负，一生都在为自己的理想奔走呼号。但是他们喜爱的事物也很多，他们足够聪明，懂得变通，抬头仰望，永远向上走。只有陆游，如同一只不回头的箭，一生只一个目标，永远汹涌澎湃。

陆游在山阴待了五年后，朝廷又想起了他，打算把他派到严州做知州。在上任之前，陆游先去临安觐见宋孝宗。

当时陆游住在西湖旁边，在等待召见的无聊时间里，听了一夜的春雨，作诗《临安春雨初霁》：

世味年来薄似纱，谁令骑马客京华。

小楼一夜听春雨，深巷明朝卖杏花。

矮纸斜行闲作草，晴窗细乳戏分茶。

素衣莫起风尘叹，犹及清明可到家。

陆游有一种看破官场的洒脱。是谁让他乘着马来这京都的繁华里走一圈呢？他这回也不留恋，说这里的风尘沾染不到他的衣服，清明节就能回到家乡了吧。

陆游觐见完，便去严州赴任。在任上，他仍旧保持曾经的风格，做个好官，深受百姓爱戴。过了两年，陆游任满，再次晋升，进入都城。

陆游六十五岁这年，宋孝宗禅位于宋光宗。陆游趁机再次上疏，提出治理国家、完成北伐的建议。又一年，陆游再次进言，希望宋光宗能够广开言路、慎独多思，又劝诫宋光宗要带头节俭。这回，再次有人弹劾陆游，主和派也群起而攻之，朝廷最终以"嘲咏风月"为名再次将陆游削职罢官。

陆游早就预料到这结局，他再次回到家乡，将自己的住宅题名为"风月轩"。

住在风月轩的人最不关心风月。

陆游长久地待在山阴，像一只猫，和他养着的猫相拥取暖。

他们坐在屋中，外面大雨倾盆，好像整个世界都将倾倒。

风卷江湖雨暗村，四山声作海涛翻。

溪柴火软蛮毡暖，我与狸奴不出门。

——《十一月四日风雨大作二首》（其一）

当外面风雨大作时，陆游仍旧能感受到湿漉漉的世界紧紧地贴在自己的脸旁。

他总是忍不住地想，想湿漉漉的南宋、湿漉漉的中原和那些湿漉漉的梦。

僵卧孤村不自哀，尚思为国戍轮台。

夜阑卧听风吹雨，铁马冰河入梦来。

——《十一月四日风雨大作二首》（其二）

陆游身穿铠甲，手握兵刃，淋着大雨，闯入自己湿漉漉的梦里。在梦里，他仍旧年轻，豪情万丈，胯下的马儿跑得又疾又快，踏破冰封的河流直奔北方疆场。

他就在这湿漉漉的梦里，一梦十三年。

陆游这回被召入京，修编国史，只一年多，国史编纂完成，便自此辞官。在这期间，因为韩侂胄主张北伐，陆游便对其大力赞扬，鼓励其抗击外侮，收复失地。

1206 年，陆游八十二岁，这年，韩侂胄真的请兵北伐，陆游听闻，欣喜若狂。

然而，因有宋军内部人员叛变，韩侂胄被诛杀，此战大败。

陆游听闻，悲痛万分。

十多年前的那场大雨，又一次落下。

1209 年，陆游忧愤成疾，冬日，天寒地冻，他一病不起，留下自己的绝笔：

死去元知万事空，但悲不见九州同。

王师北定中原日，家祭无忘告乃翁。

——《示儿》

那支射出的箭，终是扎入大地，坟墓是他的家园。

陆游一生中写了上万首诗，但是他仍旧以爱国主义诗人著称。

我将以什么面对你？以泪水，以愤怒。

我将以什么爱戴你？以勇气，以沉默。

没有什么可以改变它。

第四章　另世界

我的门前没有客人，

我静静地坐着，沉默，喝酒。

我向湖中投了一颗石子，

泛起涟漪。

那是思考短暂的波纹。

思考，是人类的浪漫，

也是世界的颤抖。

米芾：世界的无趣，我才不在意

米芾是什么做的？

颠倒的烟云，奇异的山石，

从大地生长的意趣。

米芾就是由这些做成的。

米芾将一块石头立在居所内，摆好供桌，上好贡品，然后向石头深深一拜。

他念念有词："我已经等了石兄二十年，相见恨晚。"

这年，米芾五十多岁，颠颠倒倒的人间，摇摇晃晃的岁月，竟然还没有令他失去快乐、激情与癫狂。

这年，米芾在无为州做官，听闻在濡须河边有一块奇形怪石，被当地人称作"神仙之石"，他便按捺不住，一定要跑去看看。这一看，一见钟情。他好像还是个顽童，喜欢它，就要把它搬到自己的居所，收藏起来，奉为神明。

喜欢，就要双膝在地，向它跪拜。

世界那么无趣，米芾任性而为，一如从前。

米芾出身书香门第。他的五世祖是宋初勋臣米信，随着宋朝的绵延发展，米芾的父辈们也一代代地传承。或许是命运的偶然安排，也或许是时代的某种暗示，到了米芾这里，血脉中为官的信号渐渐稀薄，艺术的气息却喷薄而出。

米芾七八岁便开始学习书法，启蒙老师是襄阳书法家罗让。当时罗让写的《襄阳学记》最有名，米芾便一遍又一遍地临摹，最后，临摹的效果竟然超过了他的老师。

原来，努力是可以超越的。

一遍又一遍地书写，一遍又一遍地重复，米芾并未感到厌倦、乏味和无趣。相反，那是无人打扰的另一个世界。书法的世界，不是安静的，是墨流淌于纸上自由舒展，是笔执剑于空中直抒胸臆；书法的世界，也是安静的，外在纷纷扰扰自听不见，内里自由生长自归于心。

米芾在一次又一次地书写中，感到充盈的满足与快乐。

自米芾练习书法以来，便没有一天不写的。

不断地临摹、书写、突破，好像也成了米芾人生的底色。

米芾十岁时又开始碑刻，临摹周越、苏轼字帖，这令他的文字渐渐变得矫健而有力量。

十七岁，米芾随着母亲阎氏离开家乡到京都汴梁侍奉英宗高皇后。他来到了宋朝艺术的中心，无限接近于那时的艺术巅峰。

那里不仅有精妙的书法作品，还有砚石、绘画、诗歌和奇珍异宝。那里人才济济，可能路边的落魄者也能出口成章；那里也是帝王权力与欲望集大成之地，每一个事物背后都深藏曲折与故事、浪漫与自由。

追求名利者看到的是夺目的光，看过去，什么都没有；米芾看到的则是温柔的月亮，看过去，尽是宝藏。

因为母亲侍奉皇族的荣光，米芾十九岁便做了官，但是他并未入其门，仍旧专注于那些有趣的事情。

米芾学习书法，在于不断地临摹，世称"集古字"，有人以此笑话他，但有谁天生就自创风格呢？只有不断地学习，才能最终自成一家。

米芾对此并不在乎，天下有那么多帖子要学习，根本没有什么时间去做这种无谓的争执。

他先是模仿颜真卿、欧阳询、褚遂良、沈传师、段季展五位唐朝书法家的作品，十年如一日地临摹，但是越是临摹得好，他越发觉得唐人书法循规蹈矩，当真无趣，并不是符合自己心仪的风格。于是，三十二岁的米芾转而追求晋人风骨，以求潇洒俊逸、平淡天真的意境。

过了几年，元祐初年，被党争裹挟的宋朝都城迎来文人盛宴。以苏轼为首的北宋文人群体从四面八方归来，苏轼、苏辙、黄庭坚、米芾、李公麟等十六位文人齐聚西园，史称"西园雅集"。

这一场集会有趣极了。所有人都抛开朝堂恩怨，只追求自由闲适的自我。有人吟诗作赋，有人悠然弹琴，有人泼墨挥毫，有人谈禅论道。米芾在这里，全然自在。

所有人都摘掉面具，做回有趣的自己，只有米芾，不用改变，如稚子清亮，如老者淡然，如何来，便如何走。

米芾好像在一切纷争之外，只沉迷于兴趣之事。

米芾三十八岁时写下了《蜀素帖》。

"蜀素"是北宋时期四川制造的一种质地精良的丝绸织物，因为丝绸制品纹罗粗糙，晦涩难写，因此很少人敢写。米芾游览太湖时，有人拿出珍藏的蜀素卷，请他书写，他当仁不让，胆气过人，一口气写了八首诗。虽然这时米芾的风格还未定，但已有他所求的趣味。那是一种不被局限的风格与气韵，如狮子跳起，笔势飞动，率意放纵；又如侠客下山，神采奕奕，洒脱俊逸。

此帖被后世誉为"中华第一美帖"。

米芾字如其人，尚意趣。

米芾的山水画也别具一格。当时很多书画都是一笔一画层峦叠嶂的北方山水，米芾却更喜欢江南水乡的烟云雾景。他不求工细，意似便已。他喜欢用圆深凝重的横点错落排布，在卧笔中寻求随意偶然，渲染出树木山林的神态。虽然当时的人们并不喜欢，还称他为狂生，但是米芾仍旧不在乎。

后世称米芾的画为"米点山水"，推为文人山水画的开山巨擘。

米芾也特别喜欢收藏砚台。据说宋徽宗曾召米芾，想见识一下米芾的书法，米芾写完后宋徽宗看到果然很喜欢。米芾见徽宗高兴，随即便将徽宗的砚台揣入怀中。这时他也没有洁癖了，不是那个为了主持朝堂祭祀活动而把别人穿过的祭服洗到褪色而被罢职的人了。米芾不管墨汁飞溅，跟徽宗说，他已经用过了，皇上就不能再用，就赐给他吧。米芾喜欢研究砚台，喜爱到极点还会抱着一起睡觉。米芾将他对砚台所有的研究著成《砚史》一书。

米芾理所当然地也喜欢各种自然山石，他将石头搬回家，放在家中，拜了又拜。

当时，有人觉得米芾这种行为不够体面，不够规矩，便弹劾他让他罢官。

米芾当然不在意，他甚至还做了《拜石图》。

米芾开创了玩石的先河，活出了宋朝文人的另一种鲜活之姿。他在仕途中常常受挫，但是也有官来做，不做苦大仇深之状。

> 棐几延毛子，明窗馆墨卿。
>
> 功名皆一戏，未觉负平生。
>
> ——《题所得蒋氏帖》

世界已经如此无趣，何必自讨苦吃。

米芾就站在宋朝的一侧。

另一侧，新党与旧派在朝堂上打得死去活来，无数文人被流放又被召回，被召回又被远放。理想被按在地上摩擦，心境如镜子一样被打碎，渐渐走向愤懑的中年与郁郁寡欢的老年，变得平静、宽容，无波无澜。

米芾却仍旧拥有快乐、激情与癫狂。

米芾一出现，直奔宋朝文化之巅，只做兴趣之事。

宋朝的文人雅趣，被他玩了一遍，还创造出了新花样。

谁让他喜欢呢。

"喜欢，就是神明。"

米芾穿着仿照唐人的衣裳，身姿潇洒，声音清亮，把刚刚临摹完帖子的手，放进水盆中洗了一遍又一遍，如是说。

林逋：去他的世界

林逋是什么做的？

自顾自的梅，守卫的鹤，

降落于远方的欲望。

林逋就是由这些做成的。

　　林逋在等待审判，一颗心好像要从嗓子眼里蹦出来，让他病弱的身体无法承受。

　　这一刻，是他人生的拐点。

　　每个人的一生都由无数个黑白的瞬间组成，只有极少的瞬间被赋予意义，于是那个瞬间被点亮，变成拥有色彩的一刻。

　　林逋就在这色彩里颠倒。

他在等待中变得焦躁，往日里的理智与克制又在烦躁的红色里纷纷出走，不像是个埋首山林无欲无求的隐士。

这年，林逋四十岁了。他隐居山林，不问世事，好像真的践行了四十而不惑的箴言，不再在人生里摇摇摆摆，做了一场归属于自我的选择。

但是谁生来没有欲望与俗愿呢？尤其在那宋朝，文人们好像生来就为功名利禄而奔赴与追逐，有无数双手、无数双眼、无数的话语将他们推上那条看似美丽而拥挤的道路，世俗谓之正途。

于是，从出生开始，寒窗苦读十年，头悬梁、锥刺股成了美好的品质，忍受，忍受，不停地忍受，有一天，年龄已至，终于学成。不管是否合适，马不停蹄地奔赴下一场，考试，考试，不停地考试，不敢停歇，但是失败仍旧如期而至，太少人被幸运眷顾。或许有人蹉跎一生都在重复科考这一魔咒，当然也有人另辟蹊径，要么隐居以隐求仕，要么拜谒高官推荐自己，期望自己终有一日名声远扬，吸引帝王的目光求得一官半职。

但即使踏入那道官场的门，然后呢？是就此满足，还是不断进取？官场的险恶，朝堂的虚伪，是否真能如愿为国为民，还是连自己都无法保全，步步危机？

人人都好像有幸运陪伴左右，期望功名利禄全，于是都盯着脚下的路，梦想遥远的终点繁花似锦、完美无缺。

这是宋朝大部分文人要走的路，林逋却是个例外。

林逋少时爱学习，喜爱古籍，通晓百家之史，俨然是个好好读书的典型文人。

　　他性格孤高，自愿贫困，不爱名利，好像生来就是一个不喜功名的读书人，天生便与热血、青春毫无瓜葛，欲望与梦想也不曾降临其身，让他辗转反侧，又忧愁又欢喜。

　　怎么可能呢？

　　虽然林逋不曾参加过科举，但他也曾意气风发过，他在《淮甸南游》里痛快地吟唱：

　　　　几许摇鞭兴，淮天晚景中。

　　　　树林兼雨黑，草实着霜红。

　　　　胆气谁怜侠，衣装自笑戎。

　　　　寒威敢相掉，猎猎酒旗风。

　　有着一种我自横刀向天笑的豪迈。

　　在那一刻的晚景里，黑色的树木摇摆，红色的草丛炫目。猎猎风中，林逋站在酒馆屋檐下，天地和梦想都属于他。

　　林逋在少年时期漫游江淮地区。读万卷书，行万里路，那时林逋不是困于一隅的隐居人，也不是无欲无求、停下脚步的山中客。

　　林逋跟所有人一样，走在拥挤的路上。

在这路途中，他才一边尝试，一边思考，或许他也曾希望通过自己的诗歌来吸引帝王的青睐，或者通过别人引荐来获取一官半职。他的性格或许有文人的孤高，所以并不适合拼力向前，通过科考来获得一席之地。

林逋渐渐地走在路途的边缘，他或许有些失望，也或许想另辟蹊径，长久的跋涉让他倦了，疾病接踵而来，他便索性在杭州附近的山林隐居。

刚开始的时候，他也忐忑过吧。通过隐居求仕，是否真的能吸引帝王的关注？如果失败，从此往后是否真的可以抵得住孤独与寂寞、静默地度过人生？

不过，他终究还是等来了，当时他隐居西湖，朝廷命令大臣王济来一探究竟，能否求得仕途，就在此一举了。

林逋做了文章给王济看。

林逋在等待审判，一颗心好像要从嗓子眼里蹦出来。

其实，住得久了，林逋也有些喜欢这山林，这里好像能把所有的欲望都隔绝出去，让人宁静、平和。

但是王济的到来，令现有的一切都显得微不足道。原来，那些欲望只是被林逋隐匿了起来，像火种，一有风吹，便汹涌地燃烧起来，令林逋颠倒，不能自拔。

林逋在《赠任懒夫》中说：

未肯求科第，深坊且隐居。

胜游携野客，高卧看兵书。

点药医闲马，分泉灌晚蔬。

汉廷无得意，谁拟荐相如。

他说，没有杨得意的引荐，汉朝又怎么会有司马相如这样的名臣呢！可以看出，他也渴望着这样的事情发生在自己身上。

所以，当王济到来时，便是林逋距离他的梦想最近的时刻。

审判的剑悬在头上，掉落的时候，林逋却听不到任何声音，因为他被欲望裹身，震耳欲聋。

过了很长时间，林逋才听到王济的声音，好像从很遥远的地方传来。

王济说："你作为隐居之人，并不与王侯为伍，文章的格调应该是古朴的；仕途之人的文章才应该讲求经世济用，好看又漂亮。如今你给的文章却是同仕途之人的风格一样，岂不是在两边都丧失了品格？"

林逋好像用力过猛，或者，没有表演到位。

直到此刻，林逋的理智才回归，他好像被人耻笑了。

不过，拥有欲望，并不是什么丑陋的事；丢掉欲望，也不似什么丑陋的事。

王济走了，林逋此后沉静了下来。

他的欲望在这一次交谈中燃烧殆尽，剩下的尸体，被他抛到青山绿水中，再不见天日。

林逋一定挣扎过，摇摆过，将所有都尝试过后，他选择了最适合自己的路，那就是不再前行，停留下来，人生的路不一定是永远前行的。

林逋去到了属于自己的世界，他隐居杭州西湖二十余年。在世俗的眼中，他的人生是脱轨的。

林逋此时真的如同史书所说的那样，"自甘贫穷，勿趋荣利"。

林逋常常乘着小船，去西湖周边的寺庙寻访，和那里的高僧以诗歌互相来往。他在自己的住处养鹤、种梅，他不曾娶妻生子，在当时可谓叛逆。

当时的皇帝赠给他食物和衣服，他虽然感激，但并不以之为傲。因为隐居，确实有很多人知道了他，还有很多人劝他入仕，但是他都婉言谢绝，他说："然吾志之所适，非室家也，非功名富贵也，只觉青山绿水与我情相宜。"

他只觉得青山绿水与他相宜，所以才能写出《山园小梅》：

> 众芳摇落独暄妍，占尽风情向小园。
> 疏影横斜水清浅，暗香浮动月黄昏。

光影之间，林逋的心是安静的。

林逋写了很多诗，但是他边写边丢，有人问他："为什么不记录下来，留给后世的人看呢？"

　　他说："我现在隐居于山林之间，已经不再想要因为诗名闻名于世，更何况后世呢？"

　　他的绘画与书法也同样精湛，但并未传于后世。他的诗，是因为当时的有心人偷偷记录，才得以有三百多首传世。

　　但是这又有什么关系呢？林逋不在意。

　　自从隐居之后，他便只关心风月，他在《小隐自题》中写道：

　　　　竹树绕吾庐，清深趣有余。

　　　　鹤闲临水久，蜂懒采花疏。

　　　　酒病妨开卷，春阴入荷锄。

　　　　尝怜古图画，多半写樵渔。

　　林逋说："我喝了点酒，有些倦意，躺在那儿，春光在上头。现在，我很喜欢古代画家的作品，因为描绘的都是一些樵夫渔夫，如今我也跟他们一样，人生暂停于山水之间，欲望归于无形之中。"

　　我为世人鼓掌，也为自己歇息，我去我自己的世界，大胆点，这没什么丑陋的。

姜夔：风中有朵雨做的云

姜夔是什么做的？

长久的流浪，偶然的火，

一朵风中雨做的云。

姜夔就是由这些做成的。

1204 年，杭州发生了一起大火，数千座房舍被毁。

这年，姜夔五十岁，贫困的他在这场大火中失去所有。房子、食物、衣服、书籍，没有什么能够被拯救，他年老无力，只能眼睁睁地看着火光将天空点亮，什么也做不了。

无数人在逃命，在挣扎，在尖叫与哭泣。姜夔知道，再没有人能够还他一个住所，一个不再流浪与漂泊的地方。

姜夔好像永远在失去，他所求的爱、理想、情感、依靠，没有一个会安然地在他身侧。每一样东西他都在拼命地求索，好像他是一个不值得被好好对待的人，获得时艰难，失去时那样轻易又快速。

姜夔最先失去的是无条件的爱。

姜夔出身于一个落魄的官宦之家，父亲姜噩在他出生之后才得了一个进士，然后去做了一个小小的县丞。

姜夔幼时便跟随父亲去任职的地方生活。他的父亲是一个科考出身的文人，没什么钱，官也不大，但是可以让姜夔衣食无忧。不忙的时候，父亲会教他读书写字，一起听乐曲，研究音律。

姜夔从父亲那里获得的，是无条件的爱与呵护，是安全的围栏和精神的支柱。

但是这爱在他十四岁那年，随着父亲的去世，迅速消失。

少时失怙，姜夔去汉阳投靠了自己已经成亲的姐姐。但那不再是自己的家，姜夔是一个外人，小心翼翼地寻求一个栖身之所。

姜夔自此开始在个人的命运中挣扎，虽然家国运势也同他有关，但是他更关心的是眼前的食物、晚上的床榻、四季的衣服和出行的鞋子。

姜夔走在人生的春天里，也走在春天的泥沼里。

矛盾的十四岁正是少年人叛逆于世界的时候，姜夔却无限顺从，只希望祈求时变得体面，不至于让尊严从口中吐出，变得一文不值。

毕竟，少年人的尊严，比天还高。姜夔的尊严被他托举着放在手上，一不小心，就会掉落在地。

姜夔成年后，迫不及待地想要独立，不再过寄人篱下的日子。

他开始四处流浪，想要独立地活着，却又不得不靠朋友们四处接济过活。姜夔好像没有什么求生的本领，即使他对诗词、散文、书法和音乐无不精通。但是没有人喜爱的诗词，只能孤芳自赏；没有人知晓的散文，不过一堆废纸；没有人鉴赏的音乐，只能自娱自乐。姜夔只能靠卖字，挣一点微薄收入。

姜夔怀才不遇，得不到认可的他是沧海遗珠，只能躺在沙砾里，在人生的夏日里痛苦地暴晒。

在其后的十年间，他一边流浪，住在不同的友人家里，在不同的地方卖字换得碎银几两；一边又怀抱着希望，一次又一次地凑够路费，赶回家乡参加科举考试，结果却是一次又一次地名落孙山。

姜夔共参加了四次考试，都失败了。

他每次回家乡，一定都是艰难的。但是他每次都按时奔赴。姜夔是所有底层文人的写照，科考是他们能够突破现状，获得安全、尊重和独立的唯一途径，也是他们能够实现理想、抱负，展露才华的绝佳机会。

他们就散落于江湖，挨挨挤挤，不知姓名，又热血难凉，无限悲悯。

他们看不见高堂，但能看到时代的灰尘压在每一个人的肩上时，是多么沉重；他们做不了先生，但能看到帝王的争斗裹挟每一个人的生活时，是多么窒息。

姜夔二十二岁时的那个冬天，他经过扬州，所见一片萧条。

那时宋朝积贫积弱，金主完颜亮南侵，然而江淮军败，令人震惊。后来金主完颜亮在瓜州被他的臣下杀害，但是战争给扬州带来的伤痕久久不能愈合。

曾有人说姜夔"体貌清莹，气貌若不胜衣，望之若神仙中人"。

这个似神仙的姜夔，美貌，脆弱，清瘦，在他流浪的途中，谱了一曲《扬州慢·淮左名都》：

淳熙丙申至日，予过维扬，夜雪初霁，荠麦弥望。入其城，则四顾萧条，寒水自碧。暮色渐起，戍角悲吟。予怀怆然，感慨今昔，因自度此曲。千岩老人以为有黍离之悲也。

淮左名都，竹西佳处，解鞍少驻初程。过春风十里，尽荠麦青青。自胡马窥江去后，废池乔木，犹厌言兵。渐黄昏，清角吹寒，都在空城。

杜郎俊赏，算而今、重到须惊。纵豆蔻词工，青楼梦好，难赋深情。二十四桥仍在，波心荡、冷月无声。念桥边红药，年年知为谁生！

姜夔没有沿用旧曲调，而是自己填词，又自己谱曲，他的才华在无人处绚烂绽放。

这首词清冷至极，曲调又有悲凉之意，配着姜夔的冷艳身姿，在扬州一片荒芜的夜雪中，有一种人生的极致孤绝和极致浪漫。

只有敏感的姜夔才能写出月光与芍药颤抖，二十四桥仍无声的寂灭吧。

姜夔有一种生命特有的脆弱与坚强，在被他的才华放大后，极具魅力而令人倾心。

所以，这首词的见证者，他写进去的千岩老人萧德藻才赏识他，并与他结为忘年之交。萧德藻是姜夔的贵人，他将侄女许配给了姜夔，算是给了姜夔一个栖身之所。姜夔一次又一次地回去参加科考，一定也对他助力良多，但是十年过去，姜夔依旧是一介布衣。

姜夔三十二岁，知晓萧德藻要调任湖州做官，思量半天，决定和萧家同行。在离开之前，他回了一趟汉阳，看望自己的姐姐，在《探春慢·衰草愁烟》里写道：

衰草愁烟，乱鸦送日，风沙回旋平野。拂雪金鞭，欺寒茸帽，还记章台走马。谁念漂零久，漫赢得幽怀难写。故人清沔相逢，小窗闲共情话。

长恨离多会少，重访问竹西，珠泪盈把。雁碛波平，渔汀人散，老去不堪游冶。无奈苕溪月，又照我扁舟东下。甚日归来，梅花零乱春夜。

什么时候我能够不再漂泊异乡，同你们常住一起不再别离呢？

姜夔很容易陷入个人情绪的波动中，因为太难得到，所以极为珍贵，令人辗转反侧。

但越是这样，姜夔越明白，他所求的爱与理想太遥远。他首先要抓住眼前，有人关心，有人倚仗。他明白现实无常、残酷，会令人饥饿、受冻，低下头颇卑微地祈求。

萧德藻去湖州上任的途中，经过杭州，将姜夔介绍给了当时著名的诗人杨万里，杨万里很欣赏姜夔，称赞他"为文无所不工"，因为杨万里，姜夔又结识了另一个著名诗人范成大。范成大不仅诗名远扬，而且曾做过副宰相，当时他在苏州告病修养，读了姜夔的诗词，很是喜欢，认为姜夔的文字与人品都酷似魏晋人物。

都说，文如其人，姜夔有魏晋人物的风流做派，也有魏晋文人的艺术才华。他的词清空高洁，捕捉心境，富有想象而灵动雅致；他改造的唐宋乐谱，曲调越发清越秀丽，雅俗共赏；他对书法也很有研究，他的《续书谱》谈论书法艺术的各个方面，是南宋书论中成就最高的学术著作。

因此，很多名流士大夫都愿意与他结交，同他谈论诗歌和礼乐，就连当时已经很有名气的辛弃疾，也同他填词互相唱酬。

姜夔在这段时间，开始被人真正地赏识。他四处游历，结交友人，去过合肥，在那里有一对歌姬姐妹同他感情深厚；去过金陵见杨万里，彼此交谈甚欢；去过南昌，也往来于苏州。

他去苏州谒见范成大时，他们在雪中游湖、赏梅，在温暖的房屋中填词作曲。姜夔做了《暗香》《疏影》两首曲子，赞美梅花，范成大很是喜欢，让歌女小红练习演唱。

除夕之夜，阖家团圆之际，姜夔却没有留在范成大的家中。他从温暖的室内走出来，告别范成大，和被范成大赠给他的歌女小红，一起返回湖州的家。

他在路途中一连写了十首绝句，那是夜色下的另一个世界：

细草穿沙雪半销，吴宫烟冷水迢迢。

梅花竹里无人见，一夜吹香过石桥。

——《除夜自石湖归苕溪》（其一）

这年，姜夔三十六岁，同他二十二岁时所作的诗词一样，仍旧营造了一个寂静、萧索、缥缈的另世界。

这时，姜夔偷偷地做了一会儿自己。他什么都不想，什么都不用做，只需要停留在这个世界里，如云。

他写："小红低唱我吹箫。"

在这样的孤绝之地，空荡，缥缈，独独二人立于舟中，浅歌低吟，沉落箫声。

姜夔一身轻松，他不知道，他正在走出他人生的夏日中。

日子还是这样地过着，姜夔失望着，也期待着。

三十九岁时，姜夔去往杭州，在那里，他认识了世家公子张鉴。张鉴家中阔绰，在杭州和无锡都有房产。当时他对姜夔非常欣赏，还曾想耍公子爷做派，给姜夔买官来做。姜夔觉得这种方式会令他蒙羞，所以谢绝。不过，两人关系渐好，姜夔常常出入张鉴家中。

姜夔四十二岁的时候，萧德藻丧妻又丧子，被自己的子侄接走。姜夔失去了一个依靠，索性去杭州，依附于张鉴，自此，他不再四处流浪，一直居住于杭州。

张鉴成为姜夔的好友，他们是友人，又如亲人，如手足。张鉴是姜夔生活的依仗，让他能够衣食无忧；张鉴也是姜夔诗词的知己，互相作诗唱和。姜夔后来形容两人的关系，称："十年相处，情甚骨肉。"

或许正是这样的情谊，让姜夔重新有了想再试一试的心。

他在四十三岁时，向朝廷献了《大乐仪》《琴瑟考古图》。在这之前，南宋已定居杭州六七十年，乐典散落。然而朝廷并没有重视，又过了两年，他再次献上《圣宋铙歌鼓吹十二章》，这回朝廷破格让他到礼部参加进士考试，然而还是未中。

算了吧，即使他仍旧难受、彷徨。

姜夔的人生，在世俗的意义上，没什么可取之处。他一直在流浪，却不知为何而流浪；他也一直在分离，却不知为何而牺牲。他没有得到什么令人慰藉的宝物，但他也慢慢地知晓答案，拒绝幻想，转而让自己欣赏自己的人生。

有一天，张鉴邀请姜夔去家中参加宴席，姜夔却不想去，作诗《平甫见招不欲往》：

老去无心听管弦，病来杯酒不相便。

人生难得秋前雨，乞我虚堂自在眠。

姜夔说，他只想在家睡觉。他慢慢地有了人生的松弛感。他或许以为生活会一直这样继续，然而在他四十八岁时，张鉴去世了。

姜夔走在人生的秋天里，他开始走向困顿。

过了两年，五十岁的姜夔在大火中又失去了自己的房子。

曾经那个可以安放他睡眠的地方也没有了。

姜夔好像回到了他的少年时期，这次没有姐姐可以让他倚靠。他投靠无门，在晚年中不得不奔走各处，艰难地活着。

姜夔从生到死，一无所有。

他永远在失去，他所求的爱、理想、情感、依靠，都来过，也都走了。

但宋朝获得了姜夔，获得了他的诗词、他的敏感，也获得了他的歌集，如同珍宝。

　　姜夔对诗词，散文，书法，音乐，无一不精，是继苏轼之后宋朝又一个不可多得的艺术全才。

　　姜夔的一生，没有宏大的家国情怀，也没有奋力追寻的个人理想，他跟无数个普通的平凡人一样，挣扎在个人的命运沉浮之中。

　　他想要爱，想要安全，想要理想，想要没有别离。

　　然而他什么都没有得到，他也默默地接受。

　　于是，姜夔将自己给出，变作了一场雨。

　　每一次不如意，他都给自己一个清冷的雨后异世界。

　　我在泥沼中，送你上云端。

　　姜夔的肉体下沉，精神上扬；

　　姜夔接受自己的人生，接受一切。

燕肃：理性世界的波纹

燕肃是什么做的？

被度量的天空，被踏破的海水，

一颗扔向远处的石子。

燕肃就是由这些做成的。

燕肃常常去海边。

有时，黄昏凌乱地摆放在海岸上。

有时，月光无聊地摆尾在海面上。

四季更迭，阴晴圆缺，一切都在时光流转里变化，世界好
像一个随意堆叠的盒子，毫无规律可言。

燕肃想要窥探其中奥秘。他坐在海边，或者走来走去。他白天去，晚上也去，有时潮涨，有时潮落，一望无际的水中究竟有什么怪物在掌控着这一切呢？他开始对海潮的规律产生兴趣。

　　那时，燕肃在沿海一带做官，因此他利用这一机会，每去一个地方，就在业余时间去观察、对比、研究、分析。

　　他看过无数次的太阳，有时是耀眼的，除了那一抹红，其他一切都是黑色的；有时是脆弱的，薄薄一层，雾一样地挂着，好像被冲刷得褪了色一样，一不小心就要跌落在海里。

　　他看过无数次的月亮，要仰着头远眺，像清脆的梨子一般，透白得如玉。有时却只有一弯，生怕嫦娥都站不住脚，要失了家园。

　　当然，燕肃看过最多的还是浪。有时温柔，轻轻推着走，害羞地在脚边逗留；有时狂暴，十几米拍岸而来，声音震天响。

　　燕肃就这样一次又一次地观察，足迹遍布东南沿海，也不感到枯燥与乏味、疲惫与劳累。

　　有谁这样认真地看过太阳、月亮和大海呢？

　　只需要静静地看着，就好像连身心都可以沉默而虔诚地献上。

　　燕肃先后用了十年的时间，终于写出了著名的《海潮论》。

在他之前，古人对潮汐这一自然现象并不了解，并且有很多荒诞的猜测。而燕肃真正地沉下去，尽可能地用他所知道的理论对这一自然现象做出论述。

他说："日者众阳之母，阴生于阳，故潮附之于日也；月者，太阳之精，水者阴，故潮依之于月也。是故随日而应月，依阴而附阳。"

燕肃用传统的阴阳五行立论，虽然不够科学，但是他已然认识到日月的吸引是形成海潮的原因，并且指出，一月之中朔望潮大，上下弦潮小。而且，他通过自己的观察和数据的积累，还对潮候进行了推算，指出了每天潮涨潮落的时间。

在《海潮论》中，他还对钱塘江潮进行了解释。钱塘江潮，每次潮涨，海潮高涌，声若雷鸣，燕肃抓住了"泥沙堆积、海床升高"这一问题，第一个较为科学地解释了钱塘江潮。

为了能够更好地展示他所研究的理论，燕肃还亲自绘制了《海潮图》。

燕肃的研究，是理性世界的波纹。

燕肃的艺术，是感性世界的新意。

燕肃擅长绘画，且能够以诗入画。这类画回避社会现实，强调笔墨情趣，表达意境之美，是士大夫们的一个理想世界。

燕肃画春日里的山，夏日里的溪，冬日中的垂钓和那些渔人的歌。

燕肃有一种理性与感性相结合的极致浪漫。

他是一个科学家，也是一个画家。

就好像他一半的身体是机械装置的未来，一半的身体是风花雪月的旧闻。

有些人的理想是功名利禄，有些人的理想是完满家园，有些人的理想是星辰大海。归根结底，是对世界的好奇罢了。

燕肃又去研究时间。

如何能够精确地计算时间呢？如何将那些漫长的没有尽头的时间刻上刻度，用以丈量生命的长度呢？

自周朝以来，人们主要用刻漏计时，不同时代有不同改进，到了宋朝，仍旧不够准确，且结构复杂，燕肃便想要发明一种新的计时器。

经过反复研究，燕肃制造出了莲花刻漏。这种莲花刻漏设计精巧，制作简单，能够直接看出时刻和节气，经过实验之后，宋仁宗便颁行全国使用。当时有官员称其"秒忽无差"。苏轼还写过《徐州莲花漏铭并序》，说："故龙图阁直学士礼部侍郎燕公肃，以创物之智闻于天下，作莲花漏，世服其精。凡公所临，必为之，今州郡往往而在，虽然巧者，莫敢损益。"

燕肃以发明的智慧闻名于天下，并且他每到一个地方，都会把制造方法用碑刻的形式介绍传播，带去便利。

燕肃是少有的并不沉醉于自己的兴趣的人，他清醒而明智。在明州任官时，那里民风强悍，打架斗殴时常发生，因此，燕肃制定政策，规定先动手打人者从重处罚，很快便扭转了这种不良风气。他还提出了要恢复地方判决的死刑犯上诉中央的制度，减少错杀的可能，完善了宋朝的司法制度，减少州郡官吏对百姓的欺压。

燕肃一次又一次，向远方投出石子。

没有人会知道发生什么，但知道一定会发生什么。

燕肃还根据简单的文字记载，将早已失传的指南车和计里鼓车重新设计，复原出来，就好像复原了一段古老神秘的过去。

很多人都称燕肃为"巧思的人"。

著名科学技术史家、英国诗人李约瑟在他的《中国与西方的科学和社会》一书中说："燕肃是个达·芬奇式的人物。"

不论有多少夸赞，燕肃在历史的长河里，终究不是什么出名的人物。

但他是宋朝少有的科学家，少有的令人宁静安稳的人。

诗名远扬的文人们轰轰烈烈，你争我斗，沉默寡言的燕肃僻居于此，作诗《僻居》：

茅茨城市远，草径接鱼村。

白日偶无客，青山长对门。

药炉留火暖，花坞带烟昏。

静坐搜新句，冥心傍酒樽。

我的门前没有客人，我静静坐着，沉默，喝酒。

我向湖中投了一颗石子。

泛起涟漪。

那是思考短暂的波纹。

但总有一天，那波纹会如振翅的蝴蝶，终将引来世界的风暴，持续而长久。

思考，是人类的浪漫，也是世界的颤抖。

张乖崖：别害怕，放松点

张乖崖是什么做的？

挥舞的剑，如月的刀，

轻松不回头的背影。

张乖崖就是由这些做成的。

　　张乖崖原本不叫张乖崖，他有一个文绉绉的名字——张咏，像是一首寂静而悠长的歌，让人想跟着轻合。

　　这当然是假象。

　　当张咏还是张咏的时候，他就已经走上了与自己的名字截然不同的"不归之路"。他也有自知之明，在自画像旁写："乖则违众，崖不利物，乖崖之名，聊以表德。"

乖崖此名，实在是符合他的气质，乖张锐利，锋芒如刃，无所顾忌，似乎世间没有什么可以束缚他。

张乖崖少年时代学文习剑，家中贫穷也不自卑，穿上一双鞋履踢踢踏踏就能玩游一番，谁家屋上有炊烟缕缕就可吃上一餐，小憩片刻。

相传在张乖崖未中举之前，他曾在汤阴县驻足，县令与他一番言谈倒也投机，便赠予他一万文钱。张乖崖要走，有人说前路盗贼时常出没，凶险万分，何不等商旅结伴而行？张乖崖说父母年纪大了还没厚衣穿，怎么可以在此逗留呢？于是他将钱放在驴背上，带着一名小童，一柄短剑和一颗无所恐惧的心一往无前。

走了三十里地，天色已晚，见道旁有一个小旅店，张乖崖前去投宿，偶尔得知店家心生歹意，心中不语，只采了柳枝说早起可当火把照路。店家未有疑心，待到半夜店家长子叫门，张乖崖早有防备，出其不意让其跌倒，一剑斩杀。而后又寻店家，店家正烤火挠痒，享受无比，张乖崖毫不犹豫，也将其头颅砍下。店家一家老小皆被其杀，张乖崖用柳枝点燃小旅店后呼童率驴离去。

或许这只是风流故事，但能看得出张乖崖不是什么迂腐文人。

或许是连命运都怕了他，张乖崖的仕途之路出奇的顺利。

　　张乖崖做官当然也要秉承他一贯的作风，总有雷厉风行的模样。

　　他在仕途初期做了崇阳的一个小县令。县里风气不佳，时常有以下犯上、侮辱长官的事情发生。一日，张乖崖看到一个小吏从府库中出来，头巾下藏一枚钱币，便截住询问。小吏支支吾吾半天没有编出瞎话，只好承认是从府库中偷的。张乖崖听后大怒，命人杖责此人。小吏受了皮肉之苦，全身血液都涌上大脑，理智全无，只剩愤然辩驳，一口歪气就破口而出："一文钱有什么？你能打我，也杀不得我！"若是寻常人物，无论心中如何想要大骂回去，表面上也要装出一副"你自胡言乱语，我自岿然不动"的大将风范，然后满嘴的律令法规，让人听了只想撞墙，悔不当初。可惜张乖崖不在此等行列，他没有戴上一个坚固如壳的面具，他就是他，嬉笑怒骂本性为之。于是他说了一句千古名言："一日一钱，千日千钱，绳锯木断，水滴石穿。"说完此话，他当即拔剑杀了此吏。

　　张乖崖好像是一个站在悬崖边上随时随地都要坠下的轻生之人，天下之大，如尘似幻，一切随风也就散了。他穿着袍子随地而坐，人来了他同人饮酒，风来了他要飞翔，钱来了他要撒花看热闹，恨来了他便拽你一把，讥笑几声作临别之言。

不过看得出，张乖崖做官很有一套，最厉害时官至尚书，他宽厚爱民，很受百姓爱戴。他也颇有智慧，民间言其断案如神。

实际上他耿直忠良，是北宋名臣，与寇准、赵普同为朝中英才，就连死后都得谥号"忠定"，看得出北宋江山也因受他恩惠才得以更加稳固长久。

张乖崖曾在杭州做知府时断过一个兄弟相争的案子。话说有一个叫沈章的男子，状告哥哥沈彦家产分配不公，此案已经在上任长官那里纠缠三年，本就清官难断家务事，张乖崖心中明白，也不多言，沿用上任长官，不准其所告。过了半年，张乖崖偶到其兄弟所住处，将两人叫出来，说："既然弟弟告哥哥家产分配不公，而哥哥又辩驳说分得很公平，那么就两家调换，弟弟住到哥哥家，哥哥住到弟弟家，两家财产也就对换，这样不就两边都合意了吗？"

这样的事情张乖崖做过很多，断案本就不是循规蹈矩，这般变化多端倒也符合他异于常人的奇特之处。他远看如棕色案几上的一把廓形大刀，立在那里好似脊背如铁之人望远处天光屹立不倒，近看才知是一弯明月笼罩大地，虽看似淡若冰霜实则温若流水，淌进人心，细细浇灌。

就像张乖崖平定四川叛乱后，深知如何才叫宽厚爱民。某一年他做官时恰逢饥荒，百姓饥不果腹，以贩卖私盐为生，官兵缉拿百人，张乖崖教育了几句就放人了。有人问他为何，他说百姓贩卖私盐十之八九皆为求生，待到秋收之后，百姓有了粮食，再抓贩卖私盐者也不迟。

张乖崖还做过很多常人不敢做的事情。

据说，有个士人在外地做了个小官，亏空公款之际，其奴仆胁迫此人若不将长女相嫁，就要去告他。此士人左右为难，懦弱不堪，只能深夜号哭，无计可施。张乖崖听了此事，便借此奴仆去树林之中挥剑杀之，恶奴也只能去地狱告状了。所以有人说："张乖崖幸而生在太平盛世，能够自律，倘若生在乱世，后果不堪设想啊！"

张乖崖若生在乱世，大约逃不过一个"狂"字，不是曹操等乱世奸雄，也能混个征战疆场的大将军威风八面，大吼一声，底下众兵士齐应，想来壮观之极。

而在太平盛世的张乖崖，也有些乱世豪迈之杰的风采。

张乖崖性格怪异，不愿接受别人向他叩头，每每有人拜见都事先告知，若是真有礼貌周到之人，张乖崖就尤其不喜，不是发一通不知哪儿来的脾气，就是讽刺意味十足地向客人跪拜不止，真是令人尴尬不已，怒从心生。

这就是张乖崖，你只能跟随他的脚步，看他的衣袍随风而起，看他的身影慢慢模糊，他依旧是那么鲜明，伸手一够就能触碰到，你便觉得，这样真好。

　　张乖崖的一生很是澎湃，平定蜀乱，聪慧过人，官至尚书，甚至还在六十岁高龄发明了世界上最早的纸币——交子。他这一生也很是洒脱，不谄媚，不夸耀，闲了便写写诗，乐极了也能舞舞剑，酒饮一顿便能欢歌一日，射箭下棋也难不住他。

　　据说他最终因酒成疾，患疾而亡，很是符合他的风格。

　　张乖崖有种文人少有的不被教条规训的自在。

　　那是一种不被禁锢，横冲直撞的生机。

　　一种不被生活一点点压迫，直至死亡的鲜活。

　　一种不胆怯，任前行的松弛感。

　　看到他，忽而想，原来，人是可以这样放松地飞翔啊！

第五章 过春天

世人都说李清照是宋朝第一才女，

但是只有她，是女子自由生长的样子。

去双溪泛舟吧，

不知她是否还能记起，

她少女时期常常想起的那个夜晚，

是否还会乘舟偶然闯入一方美丽的天地。

李清照：争渡，争渡

李清照是什么做的？

误入的藕塘深处，风下的两杯烈酒，

宁静深远的金石旧故。

李清照就是由这些做成的。

国破的消息传来时，李清照在淄州。

她望着满屋的书籍画卷，有些不舍，又有些怅然，她知晓，

一切都在以不可抗力之势侵吞她的生活。

失去、愁苦、寻找、改变纷至沓来。

获得、喜乐、沉浸、安宁正在远走。

那是李清照尽力舒展的前半生。

李清照出身于一个书香浸润的士大夫家庭。她的父亲李格非是进士出身，官至提点刑狱、礼部员外郎，还是苏轼的学生，"苏门后四学士"之一，喜爱收藏书籍，藏书甚丰。李清照的母亲是状元王拱辰的孙女，很有文学素养。

李清照理所当然地沉浸在文学与艺术的氛围中。六岁那年，她随父亲从家乡到达汴京，宋朝都城的优雅、繁荣、美丽和富足向她展露无遗。这里的文人学士如鲤鱼跳龙门一样拥挤，读诗论道、弹琴作画，每个人都在努力地推销自己，展露才华与勇气，期盼有一天可以实现理想。

这里有一种生机勃勃之感，就像是春天的花，太阳和雨水都照单全收，才能抵达夏日的芬芳。

李清照看到了不同于当时女子的另一条路，一条摒弃性别后平常的世俗的路。

可是，才华、勇气与理想，从不因性别而特别青睐于谁，常常来自我，家庭、与热爱。

家庭所带来的浓厚的学习氛围及李清照自身的学习与聪慧，令她自少年起便富有诗名，当时的文坛名家、苏轼的大弟子晁补之就对李清照大力赞赏。

李清照不仅写诗极好，也开始写词。

十六岁，李清照写下名动京师的，当时文人墨客无不拍手叫好的《如梦令·昨夜雨疏风骤》：

　　　　昨夜雨疏风骤，浓睡不消残酒。试问卷帘人，却道海棠依旧。知否，知否？应是绿肥红瘦。

　　李清照在清晨醒来，下了一夜的雨令空气中充斥着饱满的水汽，风从窗外刮来，带着一点寒意，她摇了摇还有点醉意的头，清醒又昏沉间，问身边的侍女，风是不是都把外面的花叶吹散了，侍女却说，海棠花还是跟昨天一样呢。

　　我们从中可以窥见李清照惬意、自在的少女生活。晚上喝点酒，或者跟身边的侍女聊聊天，跟家人月下对诗，听着风声雨声睡个懒觉，白天再去自己的藏书阁看看书，吃吃瓜果，好不快活。

　　或者，兴致来了，就出去玩。

　　李清照在《如梦令·常记溪亭日暮》里写道：

　　　　常记溪亭日暮，沉醉不知归路。兴尽晚回舟，误入藕花深处。争渡，争渡，惊起一滩鸥鹭。

李清照说她常常记起那天她去郊外，坐在小船上，一边看风景一边喝酒。到了黄昏，已经喝得很醉了，整个人沉浸在晕乎乎的巨大的满足之中。天太黑了，也玩够了，那就回去吧，可惜醉眼蒙眬，划着船呢，一下子划到了一片密集的荷花丛中，哎呀，出路在哪儿呢？李清照陷入这一片小小的美丽中，也顾不得欣赏，奋力划桨寻个归路，却将河滩边的一小群水鸟给惊到了，都呼啦啦地飞了起来。

李清照登时酒醒了吧，还能分神再看看天边广阔的暗淡的旷野。

那时的李清照，就像水鸟一样轻盈。

但她也不止活在这种小小的快乐中，或许因为自小便生活在官宦世家，她是那样敏锐而智慧，看到宋朝的弊病，便拿起笔来告诫当时的统治者，她在《浯溪中兴颂诗和张文潜二首》（其一）中写道：

五十年功如电扫，华清花柳咸阳草。

五坊供奉斗鸡儿，酒肉堆中不知老。

胡兵忽自天上来，逆胡亦是奸雄才。

勤政楼前走胡马，珠翠踏尽香尘埃。

何为出战辄披靡，传置荔枝多马死。

尧功舜德本如天，安用区区纪文字。

著碑铭德真陋哉，乃令神鬼磨山崖。

子仪光弼不自猜，天心悔祸人心开。

夏商有鉴当深戒，简策汗青今具在。

君不见当时张说最多机，虽生已被姚崇卖。

李清照通读历史，借古讽今，她此时是这样的清醒、直接，评议兴废，希望当政者可以感受到危机，守护自己的江山。

然而并没有人可以阻止宋徽宗即位，无人知晓亡国之君的到来。

宋徽宗即位这年，宋朝正在经历最后的繁荣，李清照十八岁，住在汴京，嫁给了还是太学生的赵明诚。

当时李清照的父亲李格非是礼部员外郎，赵明诚的父亲赵挺之任吏部侍郎，两家门当户对，双方兴趣相投，是段好姻缘。

李清照和赵明诚互相成就，开始了两人的金石收藏之路。

当时赵明诚没什么钱，双方虽然都是官宦之家，但是都寒门出身，也向来清贫。于是每逢初一、十五，赵明诚都会从太学请假出去见李清照。见李清照之前，要先把衣服放在当铺里换点钱，拿着钱去买碑文和果实。两个人一边吃着果实，一边对着碑文反复欣赏、研究，那些文字与故事自遥远的时代穿梭而来，带着某种令人舒爽的凉意，如同一个小小的神秘世界，在那些安静的夜晚，将两人包裹。

全世界都是黑暗的，只有那一方天地微弱地散发着金色的光，令处在其中的二人不亦乐乎。

过了两年，赵明诚开始做官，挣了点钱，两人更是有机会四处寻找，哪怕节衣缩食，也立志想要把全天下的古文奇字都搜集起来。

这是多么伟大的理想，但是两人就是这样地想，也这样地做。

水滴都能石穿，何况人的热爱和坚持。

通过日积月累，两人收藏的碑文越来越多。从旧壁中找到的竹简文字，从王墓中挖掘的古文经传，正史以外的逸史，《诗经》以外的佚诗，还有名人的书画、奇器，上到夏商西周，下到盛唐宋，只要看到就去买，买到衣服都要穿不起了，还是去买。两人在这个过程中渐渐感受到了无穷的趣味。

或许最开始还是一种生活的兴致，慢慢地，好像成了一种真正的理想。

史书上记载过的世界太狭小，那些记载在碑上、鼎上、竹简上的故事或许才是一种鲜活的曾经。

这不正是收藏的意义吗？保护、倾听与传递，让世界听到另一种不同的声音。

他们当然也有买不起的时候，曾经有一幅徐熙的《牡丹图》要价二十万银两，实在是买不起，夫妻二人把玩了两天两夜，实在筹不到钱便又还了回去。还回去之后，二人便互哀互叹，难过了好几天。

　　他们过了一段清贫淡雅的生活，但是新旧党派之争的漩涡也紧紧裹挟着两人。结婚的第二年，李清照的父亲李格非因为是苏轼一派，被列入元祐党人名单，被罢免官职后携家眷回乡。第三年，朝廷对元祐党人愈发严苛，竟然禁止元祐党人的子弟居住在汴京，而且宗室不得与元祐党人的子孙成婚。偌大的汴京，俨然没有了李清照的容身之处，李清照在婚后第四年不得不回到原籍。

　　李清照当然也愁苦，任谁家中有这样的变数也不会波澜不惊。她在《一剪梅·红藕香残玉簟秋》中倾诉：

　　　　红藕香残玉簟秋。轻解罗裳，独上兰舟。云中谁寄锦书来？雁字回时，月满西楼。

　　　　花自飘零水自流。一种相思，两处闲愁。此情无计可消除，才下眉头，却上心头。

　　直到婚后第六年，朝廷才解除元祐党人之禁，李清照得以与赵明诚团聚。

然而，一波未平，一波又起，政治灾难如同洪水猛兽，不可预测。转年，赵明诚的父亲赵挺之在与蔡京的争斗中败下阵来，被罢免右相的职位五日之后因病去世，与此同时，家人因蔡京的诬陷都被捕入狱。过了几个月，因为没有确实的证据才都被放出，但是整个家族的荫封之官都被夺去，赵家也在京中难以立足了。

所有的反复与困苦，李清照都一一接下，这有什么呢？毕竟还这么年轻。李清照随着赵明诚回到赵氏在青州乡里的私宅中，才算安定下来。二人在青州待了十多年。

到达青州那年，李清照二十五岁，两人将居室命名为"归来堂"，取自陶渊明的《归去来兮辞》。《归去来兮辞》中有句为"倚南窗以寄傲，审容膝之易安"，李清照取其中二字，自称"易安居士"。

虽然历经政治风暴，但是远离京城权力争斗的中心，两人在青州乡里过起了平静安宁的闲适生活。

比起从前，二人有了更多的时间和精力去搜寻研究金石古籍。他们节衣缩食，尽可能地买来喜爱之物。

每得到一个物件，二人就从早到晚地把玩、研究，直到蜡烛烧完才肯睡觉。如果得到古书，便一本又一本地校勘、刻写，整理成类，提上书名，二人将这些古物从角角落落里唤醒，然后一一扫去灰尘，亮出其原本的美丽色彩。

两个人还建了书库，他们谁都不愿意把这些书籍损坏或者弄脏，因此不得不改掉曾经那种随意勘改的作风。但是这对于李清照这种自由惯了的人来说可真是太难了！

李清照不愿意被这样扭捏地束缚，因此她决定省钱去买副本，她不吃第二道荤菜，不戴有明珠翡翠的首饰，不穿有繁复花纹的衣裳，拿到副本便一心扑在上面，终于可以舒舒服服地涂改与校勘。

李清照就是这样清醒而快乐，她永远知道自己想要什么，便一心一意去做，去获得。她曾自喻为桂花，在《鹧鸪天·桂花》中写：

　　　　暗淡轻黄体性柔，情疏迹远只香留。何须浅碧深红色，自是花中第一流。
　　　　梅定妒，菊应羞，画阑开处冠中秋。骚人可煞无情思，何事当年不见收。

李清照说大诗人屈原可真是无情无义啊，《离骚》中那样多的花草为什么却没有桂花的一席之地。虽然桂花没有美丽的外表，性情也萧散疏离，但是它的香气久久存留，她觉得桂花才是花中的第一流！

李清照就是这样的人，她永远肆意地舒展她的枝丫。她在《词论》里也敢一一点评当时各家创作的缺点，毫不客气，倒是略带幽默。

虽然生活不富裕，但是李清照和赵明诚过了一段长久的乐趣生活，直到赵明诚再次做官。

这年，李清照三十八岁，含有夫妻二人大量心血的《金石录》，赵明诚已经在前几年基本完成。在秋天的时候，李清照从青州到莱州奔赴赵明诚身边，当时赵明诚心在官场，李清照说两人平常喜欢的金石器物、古籍旧书一样都没有，只有一本《礼韵》在桌上。

归来堂里的那段日子一去不返了，但是李清照仍旧记着二人曾经的誓言，想要将全天下的古物收藏来，然后一一擦拭、一一纪录，让世界听到它们的声音。

赵明诚忙着功名，李清照便忙着理想。

每到晚上，李清照便帮着赵明诚编辑勘校整理《金石录》，时间一天又一天地流逝着。

李清照四十二岁时，赵明诚又改任淄州，当时赵明诚得白居易的《楞严经》，献宝一样同李清照一起研究欣赏。

两人都在极力地维持旧日的清雅与宁静，但是宋朝的震荡正在隐秘地从远方传来。

四十四岁，李清照仍在淄州，金兵攻破汴梁，国破。

李清照望着满屋的书籍画卷，有些不舍，又有些怅然，她知晓，一切都在以不可抗力之势侵吞她的生活。

失去、愁苦、寻找、改变纷至沓来。

获得、喜乐、沉浸、安宁正在远走。

李清照迎来她不可预料的后半生。

北宋崩溃，自带屈辱开端的南宋开始。这年，赵明诚的母亲死于江宁，赵明诚南下奔丧。李清照背负起了保护藏品的重任。李清照本来希望能够把所有收藏的物件都带走，但是北方战事紧张，为了最大可能地保住最多藏品，李清照筛了又筛。先把大而重的印本去掉，然后把一些重复的藏画去掉，再把古器中没有款式的放下，一次又一次地筛选，哪个不是曾经时光里细细欣赏把玩的爱物呢？李清照将这些留下的东西锁在青州，占了十多间房屋，希望明年春天再回来带走。饶是这样，还是装满了十五车。

李清照收起所有不舍，带着十五车珍宝义无反顾地踏上南下的征程。

这是她一个人的战争。

李清照先到了海州，雇了好几艘船渡过淮河，又渡过长江。

在行至镇江的时候，李清照正好遇到镇江府沦陷，镇江守臣弃城而逃，一路上听到了也见到了太多这样的情形。她不害怕战争，不害怕死亡，但是她害怕这十五车含着心血的宝物被损坏。在她一路奔波之时，青州已经沦陷，那希望来年春天可以带回去的十几屋藏品已经化为灰烬。

艺术，从不因为闪耀而被野蛮所幸免。

第二年春天，李清照没能再回到青州，但是她凭着自己的勇敢与智慧，将十五车宝物安全地护送到了南京。

这年秋天，赵明诚被任命为建康府知州，然而转年三月，赵明诚罢官，弃城而走，就像是曾经李清照途经镇江的那位守臣一样。一家人坐船至芜湖，路过当涂，去往赣江一带。

李清照明白，在生死面前，赵明诚这样做无可厚非。但她内心终究是厌弃这一行为的。

李清照在路过乌江时写《夏日绝句》：

生当作人杰，死亦为鬼雄。

至今思项羽，不肯过江东。

李清照明白，她在失去国家，失去家园，失去信仰与爱意。

夏日，赵明诚被任命为湖州知州，需要去朝堂面圣。李清照与全家人待在贵州贵池，赵明诚一人前往。离开时，李清照心情不佳，看着赵明诚穿着一身夏装，精神极好，明亮的目光直直地看过来，她便大声地问："如果城中局势紧急怎么办啊？"赵明诚远远地答："随着众人吧！实在不得已，先丢包裹，再丢被褥，再丢书册卷轴，再丢古董，但是那些宗庙祭品和礼乐之器必须抱着，与自身共存亡！"

这时，李清照内心便又涌上怜惜之情。

李清照从未想到，八月，赵明诚便因病去世。在得知赵明诚病入膏肓时，李清照昼夜赶了三百里，但是仍旧无可挽回。

没有任何遗言。

李清照连怜惜的人也失去了。

还好那些金石还在。

但是随着时局紧张，数地沦陷，十五车的东西还是一批又一批地如云烟般消散了。

李清照也尽力寻求安全之地。因为长江上游不安全，她只能雇船入海，去追随出行中的朝廷。这年，李清照已经四十七岁。当时有人弹劾赵明诚有通敌之嫌，她非常惶恐，打算将家中所有的青铜器古物拿出来献给国家。

在海上，李清照做了一个奇妙的梦，她写在《渔家傲·天接云涛连晓雾》里：

天接云涛连晓雾，星河欲转千帆舞。仿佛梦魂归帝所。
闻天语，殷勤问我归何处。

我报路长嗟日暮，学诗谩有惊人句。九万里风鹏正举。
风休住，蓬舟吹取三山去！

李清照梦到天帝与她对话，问她要去哪里。

李清照说，路途还长啊，虽是黄昏但并未到达。她写诗能
写出惊人的句子，但是又有什么用呢？

李清照想要献给国家的宝物，因为不敢放在身边，便存放
起来，却被当时搜寻叛逃的士兵取走。于是这样丢啊丢，只剩
下了五六筐书画砚墨。她藏在自己的床榻之下，亲自保管。李
清照当时借居在一户人家，某天夜里，有人偷偷溜进去背去了
五筐，李清照伤心至极，千方百计想要知晓盗贼的消息，希望
能重金赎回，却无果。

李清照像是保护眼睛和头脑一样保护的宝物们，只剩下一
两件残余零碎。

所有一切，好像如镜花水月，来了，又走了。

李清照仍旧留下了《金石录》，那些旧物因为这册书一直诉

说着自己的故事。

李清照的理想达到了。

　　风住尘香花已尽，日晚倦梳头。物是人非事事休，欲
语泪先流。

　　闻说双溪春尚好，也拟泛轻舟。只恐双溪舴艋舟，载
不动、许多愁。

——《武陵春·风住尘香花已尽》

李清照说，一切事情都结束了，她打算去双溪那边泛舟，不知道那船能不能载得动她的愁苦。李清照还是那样幽默。

李清照前半生尽力舒展，后半生全力成长。如果没有她，宋朝的词坛将丧失一半色彩，如果没有她，《金石录》不可能在战争纷乱的南宋被细心珍藏，奉献于世，我们也不曾得知那些更加古老的故事了。

世人都说李清照是宋朝第一才女，但是只有她，是女子自由生长的样子。

去双溪泛舟吧，不知道她是否还能记起她少女时期常常想起的那个夜晚，是否还会乘舟偶然闯入一方美丽的天地。

朱淑真：被囚禁的红

朱淑真是什么做的？

风平浪静的暖，高围的墙，

越轨的玫瑰。

朱淑真就是由这些做成的。

朱淑真最开始并没有发现自己身处牢笼之中，她的少女时代悠闲而惬意，富足且欢愉。

朱淑真有悠闲生活。

她在《夏日游水阁》里写道：

淡红衫子透肌肤，夏日初长水阁虚。

　　独自凭栏无个事，水风凉处读文书。

　　朱淑真说自己穿着薄薄的淡红色衣衫，在炎热的夏日里坐在水阁边上乘凉。清风吹过，她就倚靠在栏杆边，一边看书，一边看水上泛起的涟漪。

　　朱淑真也有闲情逸致。

　　她在《湖上咏月》里说：

　　清宵三五凉风发，湖上闲吟步明月。

　　涓涓流水浅又清，皎洁长空纤霭灭。

　　水光月色环相连，可怜清景两奇绝。

　　清冷而幽静的夜晚，朱淑真在湖边无所事事，独自信步，看月光清透明亮，与湖水两相辉映，美丽而悠然自得。

　　朱淑真还有文人风流。

　　她在《围炉》里道：

　　围坐红炉唱小词，旋篘新酒赏新诗。

　　大家莫惜今宵醉，一别参差又几时。

朱淑真在举杯豪饮的夜里，同友人围炉而坐，大家一边唱着小调，一边即兴而诗，高兴处快乐吟咏，珍惜今宵无别离。

　　朱淑真的少女时代是古时标准的大家闺秀。有见识、有才华，能写诗、能作画，不为生活所累，不为俗事烦忧，但是也正因如此，她不知不觉地便走上一条截然不同的路，一条无需理想无需抱负的路，一条看似轻松看似容易的路，一条被规训的路。

　　所以，理所当然地，在这条路的尽头，婚姻在等待着朱淑真。

　　朱淑真嫁给了一个做小官吏的官员。

　　刚开始，她应该还抱有对爱情的幻想，毕竟如果顺着曾经的生活展望，她的未来也应该是幸福的。

　　但是被摘取的花，离开了故土，就很难绽放。

　　朱淑真随着丈夫四处奔波，离开故土，疲惫不堪。她在《春日书怀》中写道：

　　　　从宦东西不自由，亲帏千里泪长流。

　　　　已无鸿雁传家信，更被杜鹃追客愁。

日暖鸟歌空美景，花光柳影谩盈眸。

　　高楼惆怅凭栏久，心逐白云南向浮。

　　朱淑真离开家乡，变得愁苦不堪，而她的丈夫也并不能同她志趣相投。

　　朱淑真需要的是一个知己，是能够同她诗词唱和，懂她、理解她的文人，而不是一个善于攀附谋求钱权的丈夫。

　　朱淑真是痛苦的。

　　在世俗眼中，她好像不应该有任何怨言。她应该是顺从的，甘于忍耐的；也应该是大度的，善于宽容的。

　　甚至她写诗，也是不被礼教所容纳的。

　　但是她错了吗？朱淑真一定无数遍地问过自己，为何她如此与众不同？是否她索求太多，不知满足？女子与男子到底有何不同？为什么有些事情，男子可做而女子不可做，女子需要承受而男子却不屑一顾？

　　为什么当她进入婚姻的殿堂后，便再也没有人在夜晚同她一起喝酒、写诗，畅聊古今。

　　朱淑真一直未将自我消亡，一边清醒地绝望，一边又坚定地觉醒。

　　她在《自责》中写道：

女子弄文诚可罪，那堪咏月更吟风。

磨穿铁砚非吾事，绣折金针却有功。

闷无消遣只看诗，又见诗中话别离。

添得情怀转萧索，始知伶俐不如痴。

朱淑真说："对不起，我知道我舞文弄墨是不被礼教所接受的，但我还是会做。"朱淑真一生都在这样的拉扯中矛盾与煎熬着。

慢慢地，她想她或许是在一个看不见的牢笼之中；她无法忍受，又无法逃离。

朱淑真后来无法忍受自己的丈夫，她写道："分开不用刀，从今莫把仇人靠，千种相思一撇销。"她想要逃离这段婚姻。

朱淑真一直明白，在当时，翰墨文章之事，非女子之事，但是她仍旧说"性之所好，情之所忠，不觉自鸣耳"。

诗词是她情不自禁的表达。

她正在触摸那个牢笼。

朱淑真羡慕过当时的隐士林逋，羡慕他能够遵循自己的意志过自己的人生。她什么时候可以做到这样呢？她希望自己能够摆脱束缚，获得一个小小的自我。但是现实中，她只能在孤独和寂寞中做无尽的等待，用诗书聊以自慰。

但即使在这样的困境里，她依旧不愿妥协，她在《黄花》里表达：

> 土花能白又能红，晚节犹能爱此工。
>
> 宁可抱香枝上老，不随黄叶舞秋风。

朱淑真不想做随波逐流的人。

当一个女子忘却自己的性别，便是觉醒的开始，也是痛苦的开始。

但是，她不能科考，也不能做官，空有一身才情却无法物尽其用，朱淑真还能做什么呢？

求爱吧。

不管朱淑真是在无爱的婚姻里出轨，还是同丈夫离异后另觅情人，她一生极致地寻求爱情，也不仅仅局限于爱，这是她在某种意义上与世俗的宣战。

她在无声处反抗，也在无声处寂静。

朱淑贞并非安然终老，有人说她抑郁早逝，也有人说她投水自尽。她死时，一定没有什么好的名声，因此，她的父母将她的书稿付之一炬。

一把火，或许是朱淑真最后的无声暴烈。

　　朱淑贞不论有多么大的非议，仍旧是宋朝公认的才女。她是宋朝之中创作诗词最多、能够与李清照齐名的女诗人。即使最后书稿被毁坏，她留存下来的诗词也有几百首之多。诗词是她的眼，她的口，她的日常，是古代少有的女性思想的倾诉与表达。她所有的挣扎与矛盾、不甘与痛苦，都显得那样格格不入，又令人为之倾倒。

　　因为只有思考，人类才能彰显美的品质。

　　朱淑真因为思考而痛苦，也因思考而美丽。

　　朱淑真打开了囚禁她的牢笼。

严蕊：温柔的杀意

严蕊是什么做的？

被敬献的美丽，被欣赏的才华，

被俯视的品格。

严蕊就是由这些做成的。

严蕊是从家中被又一次带走的。

好像总是这样，本来好端端地生活着，忽而就被人从舒适圈拉走，扔进一个步步为营的陷阱。只因看到了她身上值得剥削与买卖的价值，全然不顾主人意见，只行强盗逻辑。

严蕊第一次被人从家中骗走，是十四五岁的年纪。

严蕊本不叫严蕊，她原名周幼芳，黄岩人，父亲早亡，母亲王氏一人无法撑起家庭，于是便找了当地一个名叫陈必大的人入赘。陈必大不是什么良善之人，只一心看上严蕊的聪明与美貌，在心中打上标签，指望某日可以换得真金白银，过上不劳而获的日子。

年少的严蕊如同一朵昂贵的并未现世的花朵，吸引着贪婪人的目光。

本来，世间什么人都有，有良善，自然也有邪恶；有美丽，自然也有丑陋。

总有无辜之人受难。

人之初，性本善，或许只是一个美好的令人憧憬的愿望。

严蕊在陈必大的算计下，看起来被精心地培养与呵护。每一日的练习，每一日的进步，严蕊都在不知不觉中走向人生的转折。

严蕊美丽，温柔，才华横溢，琴棋书画，歌舞丝竹，无不精通。她被塑造成了一个好的商品，一个在世俗规训中完美无缺的女子。

陈必大将严蕊骗出家中，说要带她去亲戚家，实际却是偷偷将严蕊带到台州，卖入乐籍推入世俗中，等到严蕊的母亲王氏发现时，已经无力回天。

于是周幼芳成为严蕊，走在了陈必大给她设定的道路上。

严蕊被贪婪剥削，是失去自由和一种温和生活的假象。她迅速地进入了需要极力维持才能够维持体面的境地。

或许很多人都是这样，在不知不觉中走向他人的地狱。

那又如何呢？

生活总会继续。

严蕊能写诗作词，又善解人意，能弹琴跳舞，又能说古今典故，于是她声名远扬，无数人慕名而来。

唐仲友携家眷到台州任太守，和自己的友人齐聚东湖，听闻严蕊芳名，便召来严蕊等歌妓助兴。

当时东湖的红白桃花盛开，于是唐仲友便让严蕊以此为题，作词一阕。

这对严蕊来说容易极了，一首《如梦令·道是梨花不是》横空出世：

> 道是梨花不是。道是杏花不是。白白与红红，别是东风情味。曾记，曾记，人在武陵微醉。

该词一出，严蕊脱颖而出，变成了一个有才华的歌妓。

于是，严蕊有了同唐仲友聊天的资格。

唐仲友问严蕊，是否知道橙橘的品类。严蕊流利道来，而且谦逊至极，说自己来自橘乡，是农家之女，知道橙橘的品类是家常便饭，没有什么可以称奇的。

说出的话都被牢牢接住，说出的赞美也都被妥帖放起，两人相谈甚欢，觥筹交错，相互欣赏，往来之间，如朋似友。

然而总会有变故发生。

唐仲友的同乡陈亮来台州，跟着唐仲友聚会喝酒，自也见到严蕊等一众歌妓。这一众歌妓里有个名叫赵娟的，见陈亮一富家子弟，便将一腔情爱付诸其上，双方皆有嫁娶之意。陈亮将该事告诉唐仲友，希望可以帮忙为赵娟落籍。

而实际上，陈亮只不过是个漂亮草包，家中空虚，并不是什么富家子弟。

唐仲友在为赵娟落籍时，看到赵娟小小年纪，或许是出于一时善意，道破事实，同赵娟说，嫁与陈亮，要经得起冻饿才行。

赵娟自此对陈亮冷落万分，陈亮得知来龙去脉，便认为唐仲友在背后坏他的好事。

一场因为谎言得来的爱情，又因为谎言失去。陈亮却并未觉得是自己的问题，反而将这一切过错放到那个不愿维护这个谎言的人身上。

陈亮有意报复，因此，他去找了当时任浙东提举的朱熹，算是唐仲友的上司。

陈亮满腔怒火，专门挑拨两人的关系。

他同朱熹说，唐仲友整天不务正业，同歌妓严蕊厮混在一起，还说朱熹字也不认识几个，讲什么学。

本是同乡，但陈亮还是用最大的恶意来揣测唐仲友，并尽力诽谤与毁灭，希望借此报复。

朱熹想着即使唐仲友自恃才华甚高，也不必如此贬低他，怕是陈亮在中间搬弄是非，因此决定去台州一趟。结果去了台州，唐仲友知晓朱熹到的时候已经晚了，慌忙去接，朱熹却认为果然如陈亮所说，唐仲友不把他放在眼里。

一颗怀疑的种子，经过自己的一番想象和他人的鼓吹瞬间长成参天大树，将朱熹的双眼蒙蔽。

当日，朱熹便索取州印，让唐仲友听候处理，同时差人去抓捕严蕊，收监候审。

当时严蕊已落了乐籍，就像是很多年前一样，在一个普通的日子里，她被命运抓捕，流落于不幸的深渊。

一点谎言像落入丛林中的微小火星，嫉妒、憎恨、报复、威胁，瞬间被点燃，熊熊大火烧起来，让整个世界都变得扭曲与不堪。

但是还不够，还不够满足世人的窥探与恶意。

于是，严蕊成为最后一个献祭者，倾情出演这场名为"温柔的杀意"的黑色戏剧。

这回，她不再扮演一个完美无缺的物品，而是被迫吞下肮脏的果实，成为污蔑的罪证，成为一场文人争斗的棋子。

严蕊被关在监狱中，又一次失去自由。

朱熹认定唐仲友与严蕊不只是友人关系，于是便要求严蕊招供，二人有染，借此便可弹劾唐仲友"亵昵倡流，有伤风化"的罪名。

很多年了，严蕊永远温柔，善解人意，待人有礼，进退有度，好像她是一个乖巧听话的被人支配的娃娃，永远能够被挖掘出应该展示的价值。

但是这回，严蕊被鞭打，被拷问，始终没有说出任何一句话来中伤唐仲友。

严蕊称，她与唐仲友不过弹琴吟诗喝酒，其他什么都没发生过。

朱熹无奈，一边将她发配至绍兴府，一边写奏本参劾唐仲友。

绍兴太守见到严蕊的美貌，认为"有色必无德"，于是将严蕊打得遍体鳞伤，朱熹还通过狱吏劝诱她，只要早早招供，也不至于受到如此严重的酷刑。但是严蕊仍旧坚持，宁可死，也不诬告害人！

这场荒唐事被扩散至朝野议论，宋孝宗认为唐仲友和朱熹是"秀才争闲气"，将朱熹免去了浙东提举。同时，称严蕊为侠骨才女，为这件冤案翻案，将严蕊释放回了台州。

此事事了后，严蕊作了《卜算子·不是爱风尘》：

> 不是爱风尘，似被前缘误。花落花开自有时，总赖东君主。
>
> 去也终须去，住也如何住！若得山花插满头，莫问奴归处。

严蕊后来的归处，众说纷纭，但是严蕊说，莫问归处。

她只不过做了一件对的事情。因为她也曾经被无辜地欺骗，掉入陷阱。因此她无意成为陷阱，成为帮凶。

一群自视甚高的文人争斗，却败给了一个女子的坚持。

许多人称她是侠义，但我更愿称之为温柔。

当她被别人拿在手中，便是一个包装精美的武器，是"温柔的杀意"，但当她被人们扔在地上时，她便将自己拿在手中，用温柔抵抗世间的杀意。

严蕊不只是一个人，她是宋朝无数女子的缩影。她们是渺小的，被颠倒与利用的女子，她们美丽温柔，共同营造出独属于宋朝的梦华印象。她们是宋朝文人风流的故事，诗词的句读，更是不曾被正视过的坚定的面庞。

她们的坚持，令宋朝脱离某种狭隘的争斗与沉重的执拗，只纯粹散发人性的光芒。

这会照亮后来的路吧。